U0607802

中国散文 60 强

我二十一岁那年

史铁生 / 著

北京联合出版公司
Beijing United Publishing Co.,Ltd.

图书在版编目（CIP）数据

我二十一岁那年 / 史铁生著. -- 北京 ： 北京联合
出版公司，2024. 8. --（中国散文60强）. -- ISBN
978-7-5596-7789-1

Ⅰ. I267

中国国家版本馆CIP数据核字第2024UL2800号

我二十一岁那年

作　　者：史铁生
出 品 人：赵红仕
出版监制：张晓冬
责任编辑：周　杨
特约编辑：和庚方　张　颖
封面设计：立丰天

北京联合出版公司出版
（北京市西城区德外大街83号楼9层　100088）
三河市同力彩印有限公司印刷　新华书店经销
字数150千字　650毫米×920毫米　1/16　14印张
2024年8月第1版　2024年8月第1次印刷
ISBN 978-7-5596-7789-1
定价：65. 00元

版权所有，侵权必究
未经书面许可，不得以任何方式转载、复制、翻印本书部分或全部内容。
本书若有质量问题，请与本公司图书销售中心联系调换。
电话：17710717619

"中国散文 60 强"丛书

编委会

丛书总策划

张 明　著名出版人

编委主任

邱华栋　全国政协常委

　　　　中国作家协会副主席、书记处书记

编 委

叶 梅　中国散文学会会长

陆春祥　中国散文学会副会长

冯秋子　中国作家协会原社联部副主任

吴佳骏　《红岩》编辑部主任

张 英　资深媒体人

文 欢　作家、资深编辑

中华散文的文脉与发展

——"中国散文 60 强"总序

邱华栋

中国是诗的国度，亦是散文的国度。

穿越千年时空，从明清至唐宋，再由魏晋南北朝至两汉先秦一路回溯，汉语言文学中的散文实乃根深叶茂，硕果累累。无论是"唐宋八大家"之雄文美文，还是骈俪多姿的辞赋，以及名垂史册的《史记》《左传》，均为中国文学史上的璀璨明珠。"散文"与"诗"一道，成为中国文学的"嫡系"。尽管，后来从西方引进嫁接技术所催生的"小说"，大有"喧宾夺主"之势，终究还得"认祖归宗"，血脉和基因是无法改变的。

在中国散文流变历程中，曾出现过两次鼎盛期。一次是被文学史家所公认的"先秦散文"时期。其时，伴随着春秋时期的思想解放，诸子蜂起，百家争鸣，一大批散文家以饱满的气血、驳杂的学识和破茧的精神，创造出了散文的繁荣和辉煌局面，对后世产生了极大的影响。

到了"五四"时期，中国散文迎来了第二次鼎盛期。白话文如劲风激浪，吹刮和涤荡着神州大地。沉睡的雄狮醒来了，偃卧的小草开始歌唱。许多学贯中西的进步文人，肩扛文化变革的大纛，冲锋陷阵，掀起了一波又一波的新文学浪潮。《新青年》上刊载的散文，犹如一束束亮光，不但给人以希望，还给人以力量。"五四"以来的散文作品，无论是观念和主题，还是形式和风格，都跟以往的散文迥然不同。最具代表性的，当属鲁迅先生的散文（包括杂文），其刚健、凌厉的文质，疗救了中国散文长久以来颓靡不振、钙质疏流的顽疾。此外，周作人、郁达夫、朱自清、萧红、沈从文等一大批作家的散文创作亦各具特色，呈一时之盛，影响深远。

时代的前行催生了文学的发展，然而文学与时代有时并不同步甚至充满了"张力场"。"五四"的个性解放虽然催生了一批个性鲜明的散文精品，但这样的生态并未持续多久，中国散文的波峰出现了向低谷滑行的趋势。有论者指出，"散文在 50 年代既是对解放区散文文体意识的放大，又是对五四散文文体精神的进一步偏离。这种放大和偏离表现在个体性情的抒发让位于时代共性或者时代精神的谱写，政治标准优先于艺术标准，批判性为歌颂性所取代等诸方面。"（董健、丁帆、王彬彬《中国当代文学史新稿》）1960 年代初，散文创作一度出现了活跃，"专业"从事散文创作的作家群凸显出来，刘白羽、杨朔、秦牧相继登场，迅速成为散文界的三位名家。但他们的作品后人评价褒贬不一，认为其中颂歌式的写法较为单向，这种模式化的写作，不但对散文的建设毫无益处，反而扼杀了散文的个性和神采。

"文革"十年，中国散文更是一片凋零和荒芜，乏善可陈。1970 年代末，一些历经浩劫的作家开始复血，解除思想枷锁，重新拿起笔来写作，中国散文才又凤凰涅槃，焕发生机。加之各种文学刊物纷纷复刊和创刊，以及大量西方文化读物的译介出版，更为这些饥渴、桎梏太久的散文作者提供了登台亮相的舞台和瞭望世界的窗口。

1980 年代初期，伴随改革开放的热潮，思想解放大旗招展，文化随之繁荣，诸多承续"五四"精神的作家以笔为旗，抒发胸中压抑既久之块垒，出现了一批抒情性质浓郁的散文，使得现代散文这块"百花园"芳菲争艳，蔚为大观。特别是 1980 年代中期，随着作家主体意识的不断强化，中国文学开始呈现出一个崭新局面，作家从"集体意识"中抽身而出，重新返回"个体"，注重对生活的体察和内在情感的表达。这一时期，散文的艺术性得以强化，文本的精神内涵和表现空间得以拓展。

进入 1990 年代，社会发展日新月异，城镇化进程锐不可当，文化领域亦呈多元格局。各种文学思潮相互碰撞，人文精神的讨论更是打开了作家们的创作思路。"大散文"概念的提出，引发了散文界对散文的内涵和外延的重新讨论和界定。风靡一时的"文化散文"热，成为文坛上一道靓丽的风景。"新散文""原散文""后散文""在场散文"等散文流派"你方唱罢我登场"，争奇斗艳，各领风骚。

及至二十世纪末，一批深具先锋意识和文体自觉的新锐作家，像一头公牛闯入瓷器店，使散文天地发生了激烈的碰撞和变化，形成一股新的散文潮流，提升了散文的审美品质和精神向度。

纵观 1978 年至 2023 年四十多年来，中华大地在"改开"的黄金时代中，社会生活奔涌激荡，各种思潮风起云涌，散文创作更是云蒸霞蔚、气象万千，涌现了众多成就斐然、风格各异的散文作家和具有思想深度、艺术上乘的散文作品。岁月的流水冲走了枯枝败叶和闲花野草，中流砥柱却巍然屹立。时间留住了新时代的散文经典，经典在时间的长河中绽放光芒。以沙里淘金的经典散文向"改开"的时代致敬，是我们不可推卸的责任和义务。

别看散文的门槛貌似很低，要真正写好，却实属不易。优质散文是有难度的写作，它不但需要作者的智识、胸襟、眼界、修养和气度格局；更需要写作者的态度、立场、慈悲、良知和批判勇气。遗憾的是，散文创作繁荣和光鲜的另一面，却是大量平庸甚至低劣之作的泛滥，不但败坏了读者的胃口，而且造成了物质和精神的极大浪费。散文作家层出不穷，散文作品汗牛充栋，可真正能让人记住的散文佳构却凤毛麟角。

散文要发展，文学要前行。发展和前行就要从平庸的樊篱中突围。在突围的过程中，散文作家不可太"聪明"，不可太世故，要永存对文学的敬畏之心。一言以蔽之，散文的尊严来自散文作家的尊严。也可以说，要想散文繁荣，首先需要有一批人格健全，品德高尚，铁肩担道义的散文作家。什么样的人写什么样的文章。特别是写散文，最容易看出一个作家的内在品质和境界涵养。一个人格不健全的人，哪怕他作文的技法再高妙，也很难写出撼人心魄、抚慰灵魂的散文来。作家精神品质的高低，直接决定其作品的精神向度。

为了散文写作的突围和发展，为了建设独具特质的当代散文，也是为了更好地从经典散文中汲取营养，我认为有必要正视和重申一些常识性的思考。高头讲章的理论是灰色的，常识之树却蓊葳常青。

一、作家的个体精神决定散文的优劣。常言道，散文易学而难攻。难在什么地方，不是难在技巧，而是难在作家个体精神的淬炼上。倘若作家的个体精神不够丰富，不够深刻，不够清澈，纵使他手里握着一支生花妙笔，也写不出令人称赞的散文。那么，如何才能做到个体精神的丰富性呢，这就要求作家时时刻刻不背离生活，要知人情冷暖，体察人间百态，关心民瘼，有忧患意识，不要做生存的旁观者。一个冷漠甚至冷酷的人，是不适合从事散文创作的。

二、真诚是确保散文品质的基石。散文创作跟作家的生存经验息息相关，可以说，真正优质的散文，无不牵连着作家的血肉和心性。作家的喜怒哀乐，悲欢离合，都或隐或显地暗含在他的作品中。假如在一篇散文作品中，读者既看不到作者的体温，又看不到作者的态度，那这篇作品或许就是失败的。说明这个作者在他的作品中"说谎"或"造假"，缺乏真诚之心。作家一旦失去真诚，为文必定矫揉造作，作品也必定会失去生命力。因此，真诚是散文的"生命线"，也是"底线"。

三、个性是促进散文生长的养料。人无个性便无趣，文无个性便平质。当下，每年都会诞生数以万计的散文篇章，但能够让人记住，且读后还想读的作品并不多，何故？概在于这些数量庞大的散文，无论题材，还是语感都千篇一律，像是从"模具"中生产出来的，缺乏辨识度。散文要发展，必须要求作家具有"个性意识"。"个性意识"不是标新立异，更不是哗众取宠，而是一种"创新意识"和"审美意识"。但凡在散文创作方面被公认的那些大家，都是"文体家"，他们以自觉的写作实践，开创了散文写作的新路径。不合流俗方能独步致远，推动散文的建设和繁荣。

当然，以上几点并非创作散文的圭臬，谁也没有资格去为散文"立法"。

散文是自由的创造，散文精神即自由精神。我之所以提出来，仅仅是希望引起散文同行们的重视和参考，共同为中国当代散文的发展尽力增光。

我们策划、编选"中国散文60强"（1978—2023）的初衷，旨在对新时期以来的中国散文创作作出梳理、评价和选择，试图精选出风格各异的代表性散文作家，以每位一部单行本的形式，呈现出中国新时期优质散文的大体样貌。此项目的发起人为资深出版人张明先生。多年来，他一直追求做高品位的纯文学书籍，也曾连续多年与中国散文学会、中国小说学会合作，出版年度《中国散文排行榜》和年度《中国小说排行榜》。2023年他策划出版了《中国小说100强》，反响不俗。身处喧嚣、纷杂的环境，能以如此情怀和心力来为文学做如此浩大的工程，不能不令人钦佩！

感谢张明先生邀请我和叶梅、冯秋子、陆春祥、吴佳骏、张英、文欢组成编委会，共同遴选出60位作家。我们在召开筹备会的时候，即将作品的思想性、艺术性、代表性以及影响力作为编选的基本原则。在确定入选作家名单时，我们认真商讨，反复研究，生怕因为各自的眼力、审美和趣味之别，造成遗珠之憾。好在我们的工作得到了作家们的积极回应和鼎力支持，惠风和畅，大地丰饶。

60位入选的作家，既有令人尊敬的文学大家，如孙犁、张中行、汪曾祺、史铁生、邵燕祥、流沙河、刘烨园、宗璞、贾平凹、韩少功、张炜、梁晓声、阿来、冯骥才等。这批散文大家的作品，文风质朴、清朗、刚健，充满了"智性"和"诗性"。无论他们是写怀人之作，还是针砭时弊，歌咏风物，都有着鲜明的文化立场和审美取向。他们或出入历史，借古观今；或提炼人生，洞明世事，输送给读者的都是难能可贵的"精神营养"。

也有被散文界公认的名家，如李敬泽、王充闾、马丽华、周涛、冯秋子、叶梅、筱敏、张锐锋、周晓枫、于坚、鲍尔吉·原野等。这些作家的散文作品，特色鲜明，风格独特，诚挚内敛，从内容到形式，都作出了各自的探索和尝试，为当代散文注入了活力。从他们的作品中，我们不但能够领略汉语之美，更可以借此反观生活与存在，寻找人之为人的价值和尊严。

还有散文界的中坚力量和青年才俊，如彭程、谢宗玉、江子、雷平阳、任林举、塞壬、沈念、傅菲、吴佳骏、周华诚等。从他们的作品中，我们见到的，不只是中国散文的文脉传承，更是自由精神的张扬。他们文心雅正，笔力锋锐，不跟风，不盲从，始终保持着独立的思索和判断，在各自所开辟的散文园地中精耕细作，以崭新的姿态参与和推动当代散文的变革。

　　其实，细心的读者不难发现，入选本丛书的老、中、青三代作家都有个共性，即他们均在以自己的作品审视心灵，心系苍生，弘扬真善美，鞭挞假恶丑，充满了正义感和人道主义精神。这自然与时下众多书写风花雪月，一己悲欢，充塞小情趣、小可爱的散文区别开来。正是因为有他们的存在，中国当代散文才呈现出一幅绚丽多姿的长卷。

　　需要说明的是，有些重要的散文家，如张承志、余秋雨、王小波、苇岸、刘亮程、李娟等人，由于版权或其他不可抗原因，未能将他们的作品收录进来，我们深以为憾。

　　我们还要感谢北京立丰天文化传播有限公司的资金支持，感谢北京联合出版公司的精心编校，他们慷慨和无私的义举，对于繁荣中国当代散文创作、对于赓续中华优秀散文文脉、对于中国新时期的文化积累，均具重大价值和意义，可谓善莫大焉。这套丛书的出版意义将同《中国小说100强》一样，旨在给读者以经典的指引，这既是一项重要的原创文学工程，同时也是助力推动全民阅读和研究传播文化的公益工程。

　　郁郁乎文哉，中国散文有幸！

　　是为序。

2024 年 5 月 12 日星期日

（作者为全国政协常委，中国作协副主席、书记处书记）

目 录
Contents

记忆 · 印象

002 ｜ 我的梦想

006 ｜ 我与地坛

026 ｜ 好运设计

046 ｜ 我的幼儿园

052 ｜ 二姥姥

056 ｜ 一个人形空白

063 ｜ 叛逆者

069 ｜ 老　家

076 ｜ 八　子

085 ｜ 看电影

092 ｜ 珊　珊

098 ｜ 小　恒

记忆·怀念

106 ｜ 老海棠树

110 ｜ 我二十一岁那年（节选）

118 ｜ 秋天的怀念

120 ｜ 合欢树

124 ｜ 孙姨和梅娘

130 ｜ B 老师

137 ｜ 消逝的钟声

141 ｜ 庙的回忆

152 ｜ 故乡的胡同

155 ｜ 想念地坛

记忆·随想

162 ｜ 扶轮问路

169 ｜ 散文三篇（节选）

172 ｜ 给盲童朋友

174 ｜ 给南海一中

176 ｜ 给北大附中

180 ｜ 随笔十三（节选）

187 ｜ 原生态

192 ｜ 一封关于音乐的信

195 ｜ 悼路遥

198 ｜ 复杂的必要

200 ｜ 上帝的寓言

202 ｜ 神位　官位　心位

208 ｜ 在家者说

记忆·印象

我的梦想

也许是因为人缺了什么就更喜欢什么吧，我的两条腿一动不能动，却是个体育迷。我不光喜欢看足球、篮球以及其他各种球类比赛，也喜欢看田径、游泳、拳击、滑冰、滑雪、自行车和汽车比赛，总之我是个全能体育迷。当然都是从电视里看，体育馆场门前都有很高的台阶，我上不去。如果这一天电视里有精彩的体育节目，好了，我早晨一睁眼就觉得像过节一般，一天当中无论干什么心里都想着它，一分一秒都过得愉快。有时我也怕很多重大比赛集中在一天或几天（譬如刚刚闭幕的奥运会），那样我会把其他要紧的事都耽误掉。

其实我是第二喜欢足球，第三喜欢文学，第一喜欢田径。我能说出所有田径项目的世界纪录是多少，是由谁保持的，保持的时间长还是短。譬如说男子跳远纪录是由比蒙保持的，二十年了还没有人能破，不过这事不大公平，比蒙是在地处高原的墨西哥城跳出这八米九〇的，而刘易斯在平原跳出的八米七二事实上比前者还要伟大，但却不能算世界纪录。这些纪录是我顺便记住的，田径运动的魅力不在于纪录，人反正是干不过上帝；但人的力量、意志和优美却能从那奔跑与跳跃中得以充分展现，这才是它的魅力所在，它比任何舞蹈都好看，任何舞蹈跟它比起来都显得矫揉造作甚至故弄玄虚。也许是我见过的舞蹈太少了。而你看刘易斯或者摩西跑起来，你会觉得他们是从人的原始中跑来，跑向无休止的人的未来，全身如风似水般滚动的肌肤就是最自然的舞蹈和最自由的歌。

　　我最喜欢并且羡慕的人就是刘易斯。他身高一米八八，肩宽腿长，像一头黑色的猎豹，随便一跑就是十秒以内，随便一跳就在八米开外，而且在最重要的比赛中他的动作也是那么舒展、轻捷、富于韵律，绝不像流行歌星们的唱歌，唱到最后总让人怀疑这到底是要干什么。不怕读者诸君笑话，我常暗自祈祷上苍，假若人真能有来世，我不要求别的，只要求有刘易斯那样一副身体就好。我还设想，那时的人又会普遍比现在高了，因此我至少要有一米九以上的身材；那时的百米速度也会普遍比现在快，所以我不能只跑九秒九几。作小说的人多是白日梦患者。好在这白日梦并不令我沮丧，我是因为现实的这个史铁生太令人沮丧，才想出这法子来给他宽慰与向往。我对刘易斯的喜爱和崇拜与日俱增。相信他是世界上最幸福的人。我想若是有什么办法能使我变成他，我肯定不惜一切代价；如果我来世能有那样一个健美的躯体，今生这一身残病的折磨也就得了足够的报偿。

　　奥运会上，约翰逊战胜刘易斯的那个中午我难过极了，心里别别扭扭别别扭扭的一直到晚上，夜里也没睡好觉。眼前老翻腾着中午的场面：所有的人都在向约翰逊欢呼，所有的旗帜与鲜花都向约翰逊挥舞，浪潮般的记者们簇拥着约翰逊走出比赛场，而刘易斯被冷落在一旁。刘易斯当时那茫然若失的目光就像个可怜的孩子，让我一阵阵的心疼。一连几天我都闷闷不乐，总想着刘易斯此刻会怎样痛苦；不愿意再看电视里重播那个中午的比赛，不愿意听别人谈论这件事，甚至替刘易斯嫉妒着约翰逊，在心里找很多理由向自己说明还是刘易斯最棒；自然这全无济于事，我竟似比刘易斯还败得惨，还迷失得深重。这岂不是怪事吗？在外人看来这岂不是精神病吗？我慢慢去想其中的原因。是因为一个美的偶像被打破了吗？如果仅仅是这样，我完全可以惋惜一阵再去树立起约翰逊嘛，约翰逊的雄姿并不比刘易斯逊色。是因为我这人太恋旧，骨子里太保守吗？可是我非常明白，后来者居上是最应该庆祝的事。或者是刘易斯没跑好让我遗憾？可是九秒九二是他最好的成绩，到底为什么呢？最后我知道了：我看见了所谓"最幸福的人"的不幸，刘易斯那茫然的目光使我的"最幸福"的定义动摇了继而粉碎了。上帝从来不对任何人施舍"最幸福"这三个字，他在所有人的欲望前面设下永恒的距离，公平地给每一个人以局限。如果不能在超越自我局限的无尽路途上去理解幸福，那么史铁生的不能跑与刘易斯的不能跑得更快就完全等同，都是沮丧与痛苦的根源。假若刘易斯不能懂得这些事，我相信，在前述那个中午，他一定是世界上最不幸的人。

在百米决赛后的第二天，刘易斯在跳远决赛中跳出了八米七二，他是个好样的。看来他懂，他知道奥林匹斯山上的神火为何而燃烧，那不是为了一个人把另一个人战败，而是为了有机会向诸神炫耀人类的不屈，命定的局限尽可永在，不屈的挑战却不可须臾或缺。我不敢说刘易斯就是这样，但我希望刘易斯是这样，我一往情深地喜爱并崇拜这样一个刘易斯。

这样，我的白日梦就需要重新设计一番了。至少我不再愿意用我领悟到的这一切，仅仅去换一个健美的躯体，去换一米九以上的身高和九秒七九乃至九秒六九的速度，原因很简单，我不想在来世的某一个中午成为最不幸的人；即使人可以跑出九秒五九，也仍然意味着局限。我希望既有一个健美的躯体又有一个了悟了人生意义的灵魂，我希望二者兼得。但是，前者可以祈望上帝的恩赐，后者却必须在千难万苦中靠自己去获取——我的白日梦到底该怎样设计呢？千万不要说，倘若二者不可兼得你要哪一个？不要这样说，因为人活着必要有一个最美的梦想。

后来得知，约翰逊跑出了九秒七九是因为服用了兴奋剂。对此我们该说什么呢？我在报纸上见了这样一个消息，他的牙买加故乡的人们说："约翰逊什么时候愿意回来，我们都会欢迎他，不管他做错了什么事，他都是牙买加的儿子。"这几句话让我感动至深。难道我们不该对灵魂有了残疾的人，比对肢体有了残疾的人，给予更多的同情和爱吗？

1988 年

我与地坛

一

　　我在好几篇小说中都提到过一座废弃的古园，实际就是地坛。许多年前旅游业还没有开展，园子荒芜冷落得如同一片野地，很少被人记起。

　　地坛离我家很近。或者说我家离地坛很近。总之，只好认为这是缘分。地坛在我出生前四百多年就坐落在那儿了，而自从我的祖母年轻时带着我父亲来到北京，就一直住在离它不远的地方——五十多年间搬过几次家，可搬来搬去总是在它周围，而且是越搬离它越近了。我常觉得这中间有着宿命的味道：仿佛这古园就是为了等我，而历尽沧桑在那儿等待了四百多年。

　　它等待我出生，然后又等待我活到最狂妄的年龄上忽地残废了双腿。四百多年里，它剥蚀了古殿檐头浮夸的琉璃，淡褪了门壁上炫耀的朱红，坍圮了一段段高墙又散落了玉砌雕栏，祭坛四周的老柏树愈见苍幽，到处的野草荒藤也都茂盛得自在坦荡。这时候想必我是该来了。十五年前的一个下午，我摇着轮椅进入园中，它为一个失魂落魄的人把一切都准备好了。那时，太阳循着亘古不变的路途正越来越大，也越红。在满园弥漫的沉静光芒中，一个人更容易看到时间，并看见自己的身影。

自从那个下午我无意中进了这园子，就再没长久地离开过它。我一下子就理解了它的意图。正如我在一篇小说中所说的："在人口密聚的城市里，有这样一个宁静的去处，像是上帝的苦心安排。"

两条腿残废后的最初几年，我找不到工作，找不到去路，忽然间几乎什么都找不到了，我就摇了轮椅总是到它那儿去，仅为着那儿是可以逃避一个世界的另一个世界。我在那篇小说中写道："没处可去我便一天到晚耗在这园子里。跟上班下班一样，别人去上班我就摇了轮椅到这儿来。园子无人看管，上下班时间有些抄近路的人从园中穿过，园子里活跃一阵，过后便沉寂下来。""园墙在金晃晃的空气中斜切下一溜阴凉，我把轮椅开进去，把椅背放倒，坐着或是躺着，看书或者想事，撅一杈树枝左右拍打，驱赶那些和我一样不明白为什么要来这世上的小昆虫。""蜂儿如一朵小雾稳稳地停在半空；蚂蚁摇头晃脑捋着触须，猛然间想透了什么，转身疾行而去；瓢虫爬得不耐烦了，累了祈祷一回便支开翅膀，忽悠一下升空了；树干上留着一只蝉蜕，寂寞如一间空屋；露水在草叶上滚动，聚集，压弯了草叶轰然坠地摔开万道金光。""满园子都是草木竞相生长弄出的响动，窸窸窣窣窸窸窣窣片刻不息。"这都是真实的记录，园子荒芜但并不衰败。

除去几座殿堂我无法进去，除去那座祭坛我不能上去而只能从各个角度张望它，地坛的每一棵树下我都去过，差不多它的每一米草地上都有过我的车轮印。无论是什么季节，什么天气，什么时间，我都在这园子里待过。有时候待一会儿就回家，有时候就待到满地上都亮起月光。记不清都是在它的哪些角落里了，我一连几小时专心致志地想关于死的事，也以同样的耐心和方式想过我为什么要出生。这样想了好几年，最后事情终于弄明白了：一个人，出生了，这就不再是一个可以辩论的问题，而只是上帝交给他的一个事实；上帝在交给我们这件事实的时候，已经顺便保证了它的结果，所以死是一件不必急于求成的事，死是一个必然会降临的节日。这样想过之后我安心多了，眼前的一切不再那么可怕。比如你起早熬夜准备考试的时候，忽然想起有一个长长的假期在前面等待你，你会不会觉得轻松一点？并且庆幸并且感激这样的安排？

剩下的就是怎样活的问题了，这却不是在某一个瞬间就能完全想透的、不是能够一次性解决的事，怕是活多久就要想它多久了，就像是伴你终生的魔鬼或恋人。所以，十五年了，我还是总得到那古园里去，去它的老树下或荒草边或颓墙旁，去默坐，去呆想，去推开耳边的嘈杂理一理纷乱的思绪，去窥看自己的心魂。十五年中，这古园的形体被不能理解它的人肆意雕琢，幸好有些东西是任谁也不能改变它的。譬如祭坛石门中的落日，寂静的光辉平铺的一刻，地上的每一个坎坷都被映照得灿烂；譬如在园中最为落寞的时间，一群雨燕便出来高歌，把天地都叫喊得苍凉；譬如冬天雪地上孩子的脚印，总让人猜想他们是谁，曾在哪儿做过些什么，然后又都到哪儿去了；譬如那些苍黑的古柏，你忧郁的时候它们镇静地站在那儿，你欣喜的时候它们依然镇静地站在那儿，它们没日没夜地站在那儿，从你没有出生一直站到这个世界上又没了你的时候；譬如暴雨骤临园中，激起一阵阵灼烈而清纯的草木和泥土的气味，让人想起无数个夏天的事件；譬如秋风忽至，再有一场早霜，落叶或飘摇歌舞或坦然安卧，满园中播散着熨帖而微苦的味道。味道是最说不清楚的，味道不能写只能闻，要你身临其境去闻才能明了。味道甚至是难于记忆的，只有你又闻到它你才能记起它的全部情感和意蕴。所以我常常要到那园子里去。

二

现在我才想到，当年我总是独自跑到地坛去，曾经给母亲出了一个怎样的难题。

她不是那种光会疼爱儿子而不懂得理解儿子的母亲。她知道我心里的苦闷，知道不该阻止我出去走走，知道我要是老待在家里结果会更糟，但她又担心我一个人在那荒僻的园子里整天都想些什么。我那时脾气坏到极点，经常是发了疯一样地离开家，从那园子里回来又中了魔似的什么话都不说。母亲知道有些事不宜问，便犹犹豫豫地想问而终于不敢问，因为她自己心里也没有答案。她料想我不会愿意她跟我一同去，所以她从未这样要求过，她知道得给我一点独处的时间，得有这样一段过程。她只是不知道这过程得要多久和这过程的尽头究竟是什么。每次我要动身时，她便无言地帮我准备，帮助我上了轮椅车，看着我摇车拐出小院：这以后她会怎样，当年我不曾想过。

有一回我摇车出了小院，想起一件什么事又反身回来，看见母亲仍站在原地，还是送我走时的姿势，望着我拐出小院去的那处墙角，对我的回来竟一时没有反应。待她再次送我出门的时候，她说："出去活动活动，去地坛看看书，我说这挺好。"许多年以后我才渐渐听出，母亲这话实际上是自我安慰，是暗自的祷告，是给我的提示，是恳求与嘱咐。只是在她猝然去世之后，我才有余暇设想。当我不在家里的那些漫长的时间，她是怎样心神不定坐卧难宁，兼着痛苦与惊恐与一个母亲最低限度的祈求。现在我可以断定，以她的聪慧和坚忍，在那些空落的白天后的黑夜，在那不眠的黑夜后的白天，她思来想去最后准是对自己说："反正我不能不让他出去，未来的日子是他自己的，如果他真的在那园子里出了什么事，这苦难也只好我来承担。"在那段日子里——那是好几年长的一段日子，我想我一定使母亲做过了最坏的准备了，但她从来没有对我说过："你为我想想。"事实上我也真的没为她想过。那时她的儿子还太年轻，还来不及为母亲想，他被命运击昏了头，一心以为自己是世上最不幸的一个，不知道儿子的不幸在母亲那儿总是要加倍的。她有一个长到二十岁上忽然截瘫了的儿子，这是她唯一的儿子；她情愿截瘫的是自己而不是儿子，可这事无法代替；她想，只要儿子能活下去哪怕自己去死呢也行，可她又确信一个人不能仅仅是活着，儿子得有一条路走向自己的幸福；而这条路呢，没有谁能保证她的儿子最终能找到——这样一个母亲，注定是活得最苦的母亲。

有一次与一个作家朋友聊天，我问他学写作的最初动机是什么？他想了一会儿说："为我母亲。为了让她骄傲。"我心里一惊，良久无言。回想自己最初写小说的动机，虽不似这位朋友的那般单纯，但如他一样的愿望我也有，且一经细想，发现这愿望也在全部动机中占了很大比重。这位朋友说："我的动机太低俗了吧？"我光是摇头，心想低俗并不见得低俗，只怕是这愿望过于天真了。他又说："我那时真就是想出名，出了名让别人羡慕我母亲。"我想，他比我坦率。我想，他又比我幸福，因为他的母亲还活着。而且我想，他的母亲也比我的母亲运气好，他的母亲没有一个双腿残废的儿子，否则事情就不这么简单。

在我的头一篇小说发表的时候，在我的小说第一次获奖的那些日子里，我真是多么希望我的母亲还活着。我便又不能在家里待了，又整天整天独自跑到地坛去，心里是没头没尾的沉郁和哀怨，走遍整个园子却怎么也想不通：母亲为什么就不能再多活两年？为什么在她儿子就快要碰撞开一条路的时候，她却忽然熬不住了？莫非她来此世上只是为了替儿子担忧，却不该分享我的一点点快乐？她匆匆离我去时才只有四十九岁呀！有那么一会儿，我甚至对世界对上帝充满了仇恨和厌恶。后来我在一篇题为《合欢树》的文章中写道："坐在小公园安静的树林里，我闭上眼睛，想：上帝为什么早早地召母亲回去呢？很久很久，迷迷糊糊地，我听见了回答：'她心里太苦了。上帝看她受不住了，就召她回去。'我似乎得了一点儿安慰，睁开眼睛，看见风正从树林里穿过。"小公园，指的也是地坛。

只是到了这时候，纷纭的往事才在我眼前幻现得清晰，母亲的苦难与伟大才在我心中渗透得深彻。上帝的考虑，也许是对的。

摇着轮椅在园中慢慢走，又是雾罩的清晨，又是骄阳高悬的白昼，我只想着一件事：母亲已经不在了。在老柏树旁停下，在草地上在颓墙边停下，又是处处虫鸣的午后，又是鸟儿归巢的傍晚，我心里只默念着一句话：可是母亲已经不在了。把椅背放倒，躺下，似睡非睡挨到日没，坐起来，心神恍惚，呆呆地直坐到古祭坛上落满黑暗然后再渐渐浮起月光，心里才有点儿明白，母亲不能再来这园中找我了。

曾有过好多回，我在这园子里待得太久了，母亲就来找我。她来找我又不想让我发觉，只要见我还好好地在这园子里，她就悄悄转身回去。我看见过几次她的背影。我也看见过几回她四处张望的情景，她视力不好，端着眼镜像在寻找海上的一条船，她没看见我时我已经看见她了，待我看见她也看见我了我就不去看她，过一会儿我再抬头看她就又看见她缓缓离去的背影。我单是无法知道有多少回她没有找到我。有一回我坐在矮树丛中，树丛很密，我看见她没有找到我；她一个人在园子里走，走过我的身旁，走过我经常待的一些地方，步履茫然又急迫。我不知道她已经找了多久还要找多久，我不知道为什么我决意不喊她——但这绝不是小时候的捉迷藏，这也许是出于长大了的男孩子的倔强或羞涩？但这倔强只留给我痛悔，丝毫也没有骄傲。我真想告诫所有长大了的男孩子，千万不要跟母亲来这套倔强，羞涩就更不必，我已经懂了可我已经来不及了。

儿子想使母亲骄傲，这心情毕竟是太真实了，以致使"想出名"这一声名狼藉的念头也多少改变了一点形象。这是个复杂的问题，且不去管它了罢。随着小说获奖的激动逐日暗淡，我开始相信，至少有一点我是想错了：我用纸笔在报刊上碰撞开的一条路，并不就是母亲盼望我找到的那条路。年年月月我都到这园子里来，年年月月我都要想，母亲盼望我找到的那条路到底是什么。母亲生前没给我留下过什么隽永的哲言，或要我恪守的教诲，只是在她去世之后，她艰难的命运、坚忍的意志和毫不张扬的爱，随光阴流转，在我的印象中愈加鲜明深刻。

有一年，十月的风又翻动起安详的落叶，我在园中读书，听见两个散步的老人说："没想到这园子有这么大。"我放下书，想，这么大一座园子，要在其中找到她的儿子，母亲走过了多少焦灼的路。多年来我头一次意识到，这园中不单是处处都有过我的车辙，有过我的车辙的地方也都有过母亲的脚印。

三

如果以一天中的时间来对应四季，当然春天是早晨，夏天是中午，秋天是黄昏，冬天是夜晚。如果以乐器来对应四季，我想春天应该是小号，夏天是定音鼓，秋天是大提琴，冬天是圆号和长笛。要是以这园子里的声响来对应四季呢？那么，春天是祭坛上空飘浮着的鸽子的哨音，夏天是冗长的蝉歌和杨树叶子哗啦啦地对蝉歌的取笑，秋天是古殿檐头的风铃响，冬天是啄木鸟随意而空旷的啄木声。以园中的景物对应四季，春天是一径时而苍白时而黑润的小路，时而明朗时而阴晦的天上摇荡着串串杨花；夏天是一条条耀眼而灼人的石凳，或阴凉而爬满了青苔的石阶，阶下有果皮，阶上有半张被坐皱的报纸；秋天是一座青铜的大钟，在园子的西北角上曾丢弃着一座很大的铜钟，铜钟与这园子一般年纪，浑身挂满绿锈，文字已不清晰；冬天，是林中空地上几只羽毛蓬松的老麻雀。以心绪对应四季呢？春天是卧病的季节，否则人们不易发觉春天的残忍与渴望；夏天，情人们应该在这个季节里失恋，不然就似乎对不起爱情；秋天是从外面买一棵盆花回家的时候，把花搁在阔别了的家中，并且打开窗户把阳光也放进屋里，慢慢回忆慢慢整理一些发过霉的东西；冬天伴着火炉和书，一遍遍坚定不死的决心，写一些并不发出的信。还可以用艺术形式对应四季，这样春天就是一幅画，夏天是一部长篇小说，秋天是一首短歌或诗，冬天是一群雕塑。以梦呢？以梦对应四季呢？春天是树尖上的呼喊，夏天是呼喊中的细雨，秋天是细雨中的土地，冬天是干净的土地上的一只孤零的烟斗。

因为这园子，我常感恩于自己的命运。

我甚至现在就能清楚地看见，一旦有一天我不得不长久地离开它，我会怎样想念它，我会怎样想念它并且梦见它，我会怎样因为不敢想念它而梦也梦不到它。

四

现在让我想想，十五年中坚持到这园子来的人都是谁呢？好像只剩了我和一对老人。

十五年前，这对老人还只能算是中年夫妇，我则货真价实还是个青年。他们总是在薄暮时分来园中散步，我不大弄得清他们是从哪边的园门进来，一般来说他们是逆时针绕这园子走。男人个子很高，肩宽腿长，走起路来目不斜视，胯以上直至脖颈挺直不动，他的妻子攀了他一条胳膊走，也不能使他的上身稍有松懈。女人个子却矮，也不算漂亮，我无端地相信她必出身于家道中衰的名门富族；她攀在丈夫胳膊上像个娇弱的孩子，她向四周观望时总含着恐惧，她轻声与丈夫谈话，见有人走近就立刻怯怯地收住话头。我有时因为他们而想起冉阿让与柯赛特，但这想法并不巩固，他们一望即知是老夫老妻。两个人的穿着都算得上考究，但由于时代的演进，他们的服饰又可以称为古朴了。他们和我一样，到这园子里来几乎是风雨无阻，不过他们比我守时。我什么时间都可能来，他们则一定是在暮色初临的时候。刮风时他们穿了米色风衣，下雨时他们打了黑色的雨伞，夏天他们的衬衫是白色的，裤子是黑色的或米色的，冬天他们的呢子大衣又都是黑色的，想必他们只喜欢这三种颜色。他们逆时针绕这园子一周，然后离去。他们走过我身旁时只有男人的脚步响，女人像是贴在高大的丈夫身上跟着漂移。我相信他们一定对我有印象，但是我们没有说过话，我们互相都没有想要接近的表示。十五年中，他们或许注意到一个小伙子进入了中年，我则看着一对令人羡慕的中年情侣不觉中成了两个老人。

曾有过一个热爱唱歌的小伙子，他也是每天都到这园中来，来唱歌，唱了好多年，后来不见了。他的年纪与我相仿，他多半是早晨来，唱半小时或整整唱一个上午，估计在另外的时间里他还得上班。我们经常在祭坛东侧的小路上相遇，我知道他是到东南角的高墙下去唱歌，他一定猜想我去东北角的树林里做什么。我找到我的地方，抽几口烟，便听见他谨慎地整理歌喉了。他反反复复唱那么几首歌。"文化大革命"没过去的时候，他唱"蓝蓝的天上白云飘，白云下面马儿跑……"我老也记不住这歌的名字。"文革"后，他唱《货郎与小姐》中那首最为流传的咏叹调。"卖布——卖布嘞，卖布——卖布嘞！"我记得这开头的一句他唱得很有声势，在早晨清澈的空气中，货郎跑遍园中的每一个角落去恭维小姐。"我交了好运气，我交了好运气，我为幸福唱歌曲……"然后他就一遍一遍地唱，不让货郎的激情稍减。依我听来，他的技术不算精到，在关键的地方常出差错，但他的嗓子是相当不坏的，而且唱一个上午也听不出一点疲惫。太阳也不疲惫，把大树的影子缩小成一团，把疏忽大意的蚯蚓晒干在小路上。将近中午，我们又在祭坛东侧相遇，他看一看我，我看一看他，他往北去，我往南去。日子久了，我感到我们都有结识的愿望，但似乎都不知如何开口，于是互相注视一下终又都移开目光擦身而过。这样的次数一多，便更不知如何开口了。终于有一天——一个丝毫没有特点的日子，我们互相点了一下头。他说："你好。"我说："你好。"他说："回去啦？"我说："是，你呢？"他说："我也该回去了。"我们都放慢脚步（其实我是放慢车速），想再多说几句，但仍然是不知从何说起，这样我们就都走过了对方，又都扭转身子面向对方。他说："那就再见吧。"我说："好，再见。"便互相笑笑各走各的路了。但是我们没有再见，那以后，园中再没了他的歌声，我才想到，那天他或许是有意与我道别的，也许他考上了哪家专业文工团或歌舞团了吧？真希望他如他歌里所唱的那样，交了好运气。

还有一些人，我还能想起一些常到这园子里来的人。有一个老头，算得一个真正的饮者；他在腰间挂一个扁瓷瓶，瓶里当然装满了酒，常来这园中消磨午后的时光。他在园中四处游逛，如果你不注意你会以为园中有好几个这样的老头，等你看过了他卓尔不群的饮酒情状，你就会相信这是个独一无二的老头。他的衣着过分随便，走路的姿态也不慎重，走上五六十米路便选定一处地方，一只脚踏在石凳上或土坦上或树墩上，解下腰间的酒瓶，解酒瓶的当儿眯起眼睛把一百八十度视角内的景物细细看一遭，然后以迅雷不及掩耳之势倒一大口酒入肚，把酒瓶摇一摇再挂向腰间，平心静气地想一会儿什么，便走下一个五六十米去。还有一个捕鸟的汉子，那岁月园中人少，鸟却多，他在西北角的树丛中拉一张网，鸟撞在上面，羽毛挂在网眼里便不能自拔。他单等一种过去很多而现在非常罕见的鸟，其他的鸟撞在网上他就把它们摘下来放掉，他说已经有好多年没等到那种罕见的鸟，他说他再等一年看看到底还有没有那种鸟，结果他又等了好多年。早晨和傍晚，在这园子里可以看见一个中年女工程师：早晨她从北向南穿过这园子去上班，傍晚她从南向北穿过这园子回家。事实上我并不了解她的职业或者学历，但我以为她必是学理工的知识分子，别样的人很难有她那般的素朴并优雅。当她在园子穿行的时刻，四周的树林也仿佛更加幽静，清淡的日光中竟似有悠远的琴声，比如说是那曲《献给艾丽丝》才好。我没有见过她的丈夫，没有见过那个幸运的男人是什么样子，我想象过却想象不出，后来忽然懂了想象不出才好，那个男人最好不要出现。她走出北门回家去，我竟有点儿担心，担心她会落入厨房，不过，也许她在厨房里劳作的情景更有另外的美吧，当然不能再是《献给艾丽丝》，是个什么曲子呢？还有一个人，是我的朋友，他是个最有天赋的长跑家，但他被埋没了。他因为在"文革"中出言不慎而坐了几年牢，出来后好不容易找了个拉板车的工作，样样待遇都不能与别人平等，苦闷极了便练习长跑。那时他总来这园子里跑，我用手表为他计时。他每跑一圈向我招下手，我就记下一个时间。每次他要环绕这园子跑二十圈，大约两万米。他盼望以他的长跑成绩来获得政治上真正的解放，他以为记者的镜头和文字可以帮他做到这一点。第一年他在春节环城赛上跑了第十五名，他看见前十名的照片都挂在了长安街的新闻橱窗里，于是有了信心。第二年他跑了第四名，可是新闻橱窗里只挂了前三名的照片，他没灰心。第三年他跑了第七名，橱窗里挂前六名的照片，他有点怨自己。第四年他跑了第三名，橱窗里却只挂了第一名的照片。第五年他跑了第一名——他几乎绝望了，橱窗里只有一幅环城赛群众场面的照片。那些年我们俩常一起在这园子里待到天黑，开怀痛骂，骂完沉默着回家，分手时再互相叮嘱：先别去死，再试着活一活看。现在他已经不跑了，年岁太大了，跑不了那么快了。最后一次参加环城赛，他以三十八岁之龄又得了第一名并破了纪录，有一位专业队的教练对他说："我要是十年前发现你就好了。"他苦笑一下什么也没说，只在傍晚又来这园中找到我，把这事平静地向我叙说一遍。不见他已有好几年了，现在他和妻子和儿子住在很远的地方。

这些人现在都不到园子里来了，园子里差不多完全换了一批新人。十五年前的旧人，现在就剩我和那对老夫老妻了。有那么一段时间，这老夫老妻中的一个也忽然不来，薄暮时分唯男人独自来散步，步态也明显迟缓了许多，我悬心了很久，怕是那女人出了什么事。幸好过了一个冬天那女人又来了，两个人仍是逆时针绕着园子走，一长一短两个身影恰似钟表的两支指针；女人的头发白了许多，但依旧攀着丈夫的胳膊走得像个孩子。"攀"这个字用得不恰当了，或许可以用"搀"吧，不知有没有兼具这两个意思的字。

五

我也没有忘记一个孩子——一个漂亮而不幸的小姑娘。十五年前的那个下午，我第一次到这园子里来就看见了她，那时她大约三岁，蹲在斋宫西边的小路上捡树上掉落的"小灯笼"。那儿有几棵大栾树，春天开一簇簇细小而稠密的黄花，花落了便结出无数如同三片叶子合抱的小灯笼，小灯笼先是绿色，继而转白，再变黄，成熟了掉落得满地都是。小灯笼精巧得令人爱惜，成年人也不免捡了一个还要捡一个。小姑娘咿咿呀呀地跟自己说着话，一边捡小灯笼；她的嗓音很好，不是她那个年龄所常有的那般尖细，而是很圆润甚或是厚重，也许是因为那个下午园子里太安静了。我奇怪这么小的孩子怎么一个人跑来这园子里？我问她住在哪儿？她随便指一下，就喊她的哥哥，沿墙根一带的茂草之中便站起一个七八岁的男孩，朝我望望，看我不像坏人便对他的妹妹说"我在这儿呢!"，又伏下身去，他在捉什么虫子。他捉到螳螂，蚂蚱，知了和蜻蜓，来取悦他的妹妹。有那么两三年，我经常在那几棵大栾树下见到他们，兄妹俩总是在一起玩，玩得和睦融洽，都渐渐长大了些。之后有很多年没见到他们。我想他们都在学校里吧，小姑娘也到了上学的年龄，必是告别了孩提时光，没有很多机会来这儿玩了。这事很正常，没理由太搁在心上，若不是有一年我又在园中见到他们，肯定就会慢慢把他们忘记。

那是个礼拜日的上午。那是个晴朗而令人心碎的上午，时隔多年，我竟发现那个漂亮的小姑娘原来是个弱智的孩子。我摇着车到那几棵大栾树下去，恰又是遍地落满了小灯笼的季节；当时我正为一篇小说的结尾所苦，既不知为什么要给它那样一个结尾，又不知何以忽然不想让它有那样一个结尾，于是从家里跑出来，想依靠着园中的镇静，看看是否应该把那篇小说放弃。我刚刚把车停下，就见前面不远处有几个人在戏耍一个少女，作出怪样子来吓她，又喊又笑地追逐她拦截她，少女在几棵大树间惊惶地东跑西躲，却不松手揪卷在怀里的裙裾，两条腿袒露着也似毫无察觉。我看出少女的智力是有些缺陷，却还没看出她是谁。我正要驱车上前为少女解围，就见远处飞快地骑车来了个小伙子，于是那几个戏耍少女的家伙望风而逃。小伙子把自行车支在少女近旁，怒目望着那几个四散逃窜的家伙，一声不吭喘着粗气，脸色如暴雨前的天空一样一会儿比一会儿苍白。这时我认出了他们，小伙子和少女就是当年那对小兄妹。我几乎是在心里惊叫了一声，或者是哀号。世上的事常常使上帝的居心变得可疑。小伙子向他的妹妹走去。少女松开了手，裙裾随之垂落了下来，很多很多她捡的小灯笼便撒落了一地，铺散在她脚下。她仍然算得上漂亮，但双眸迟滞没有光彩。她呆呆地望着那群跑散的家伙，望着极目之处的空寂，凭她的智力绝不可能把这个世界想明白吧？大树下，破碎的阳光星星点点，风把遍地的小灯笼吹得滚动，仿佛喑哑地响着无数小铃铛。哥哥把妹妹扶上自行车后座，带着她无言地回家去了。

无言是对的。要是上帝把漂亮和弱智这两样东西都给了这个小姑娘，就只有无言和回家去是对的。

谁又能把这世界想个明白呢？世上的很多事是不堪说的。你可以抱怨上帝何以要降诸多苦难给这人间，你也可以为消灭种种苦难而奋斗，并为此享有崇高与骄傲，但只要你再多想一步你就会坠入深深的迷茫了：假如世界上没有了苦难，世界还能够存在吗？要是没有愚钝，机智还有什么光荣呢？要是没了丑陋，漂亮又怎么维系自己的幸运？要是没有了恶劣和卑下，善良与高尚又将如何界定自己又如何成为美德呢？要是没有了残疾，健全会否因其司空见惯而变得腻烦和乏味呢？我常梦想着在人间彻底消灭残疾，但可以相信，那时将由患病者代替残疾人去承担同样的苦难。如果能够把疾病也全数消灭，那么这份苦难又将由（比如说）相貌丑陋的人去承担了。就算我们连丑陋，连愚昧和卑鄙和一切我们所不喜欢的事物和行为，也都可以统统消灭掉，所有的人都一样健康、漂亮、聪慧、高尚，结果会怎样呢？怕是人间的剧目就全要收场了，一个失去差别的世界将是一潭死水，是一块没有感觉没有肥力的沙漠。

看来差别永远是要有的。看来就只好接受苦难——人类的全部剧目需要它，存在的本身需要它。看来上帝又一次对了。

于是就有一个最令人绝望的结论等在这里：由谁去充任那些苦难的角色？又由谁去体现这世间的幸福、骄傲和快乐？只好听凭偶然，是没有道理好讲的。

就命运而言，休论公道。

那么，一切不幸命运的救赎之路在哪里呢？

设若智慧或悟性可以引领我们去找到救赎之路，难道所有的人都能够获得这样的智慧和悟性吗？

我常以为是丑女造就了美人。我常以为是愚氓举出了智者。我常以为是懦夫衬照了英雄。我常以为是众生度化了佛祖。

六

设若有一位园神，他一定早已注意到了，这么多年我在这园里坐着，有时候是轻松快乐的，有时候是沉郁苦闷的，有时候优哉游哉，有时候恓惶落寞，有时候平静而且自信，有时候又软弱，又迷茫。其实总共只有三个问题交替着来骚扰我，来陪伴我。第一个是要不要去死？第二个是为什么活？第三个，我干吗要写作？

现在让我看看，它们迄今都是怎样编织在一起的吧。

你说，你看穿了死是一件无需乎着急去做的事，是一件无论怎样耽搁也不会错过的事，便决定活下去试试？是的，至少这是很关键的因素。为什么要活下去试试呢？好像仅仅是因为不甘心，机会难得，不试白不试，腿反正是完了，一切仿佛都要完了，但死神很守信用，试一试不会额外再有什么损失。说不定倒有额外的好处呢是不是？我说过，这一来我轻松多了，自由多了。为什么要写作呢？作家是两个被人看重的字，这谁都知道。为了让那个躲在园子深处坐轮椅的人，有朝一日在别人眼里也稍微有点儿光彩，在众人眼里也能有个位置，哪怕那时再去死呢也就多少说得过去了，开始的时候就是这样想，这不用保密，这些现在不用保密了。

我带着本子和笔，到园中找一个最不为人打扰的角落，偷偷地写。那个爱唱歌的小伙子在不远的地方一直唱。要是有人走过来，我就把本子合上把笔叼在嘴里。我怕写不成反落得尴尬。我很要面子。可是你写成了，而且发表了。人家说我写的还不坏，他们甚至说：真没想到你写得这么好。我心说你们没想到的事还多着呢。我确实有整整一宿高兴得没合眼。我很想让那个唱歌的小伙子知道，因为他的歌也毕竟是唱得不错。我告诉我的长跑家朋友的时候，那个中年女工程师正优雅地在园中穿行；长跑家很激动，他说好吧，我玩命跑，你玩命写。这一来你中了魔了，整天都在想哪一件事可以写，哪一个人可以让你写成小说。是中了魔了，我走到哪儿想到哪儿，在人山人海里只寻找小说。要是有一种小说试剂就好了，见人就滴两滴看他是不是一篇小说；要是有一种小说显影液就好了，把它泼满全世界看看都是哪儿有小说。中了魔了，那时我完全是为了写作活着。结果你又发表了几篇，并且出了一点小名，可这时你越来越感到恐慌。我忽然觉得自己活得像个人质，刚刚有点儿像个人了却又过了头，像个人质，被一个什么阴谋抓了来当人质，不定哪天被处决，不定哪天就完蛋。你担心要不了多久你就会文思枯竭，那样就又完了。凭什么我总能写出小说来呢？凭什么那些适合作小说的生活素材就总能送到一个截瘫者跟前来呢？人家满世界跑都有枯竭的危险，而我坐在这园子里凭什么可以一篇接一篇地写呢？你又想到死了。我想见好就收吧。当一名人质实在是太累了太紧张了，太朝不保夕了。我为写作而活下来，要是写作到底不是我应该干的事，我想我再活下去是不是太冒傻气了？你这么想着你却还在绞尽脑汁地想写。我好歹又拧出点儿水来，从一条快要晒干的毛巾上。恐慌日甚一日，随时可能完蛋的感觉比完蛋本身可怕多了，所谓不怕贼偷就怕贼惦记，我想人不如死了好，不如不出生的好，不如压根儿没有这个世界的好。可你并没有去死。我又想到那是一件不必着急的事。可是不必着急的事并不证明是一件必要拖延的事呀？你总是决定活下来，这说明什么？是的，我还是想活。人为什么活着？因为人想活着，说到底是这么回事，人真正的名字叫作：欲望。可我不怕死，有时候我真的不怕死。有时候——说对了。不怕死和想去死是两回事，有时候不怕死的人是有的，一生下来就不怕死的人是没有的。我有时候倒是怕活。可是怕活不等于不想活呀！可我为什么还想活呢？因为你还想得到点什么、你觉得你还是可以得到点什么的，比如说爱情，比如说价值感之类，人真正的名字叫欲望。这不对吗？我不该得到点儿什么吗？没说不该。可我为什么活得恐慌，就像个人质？后来你明白了，你明白你错了，活着不是为了写作，而写作是为了活着。你明白了这一点是在一个挺滑稽的时刻。那天你又说你不如死了好，你的一个朋友劝你：你不能死，你还得写呢，还有好多好作品等着你去写呢。这时候你忽然明白了，你说：只是因为我活着，我才不得不写作。或者说只是因为你还想活下去，你才不得不写作。是的，这样说过之后我竟然不那么恐慌了。就像你看穿了死之后所得的那份轻松？一个人质报复一场阴谋的最有效的办法是把自己杀死。我看出我得先把我杀死在市场上，那样我就不用参加抢购题材的风潮了。你还写吗？还写。你真的不得不写吗？人都忍不住要为生存找一些牢靠的理由。你不担心你会枯竭了？我不知道，不过我想，活着的问题在死前是完不了的。

这下好了，您不再恐慌了不再是个人质了，您自由了。算了吧你，我怎么可能自由呢？别忘了人真正的名字是：欲望。所以您得知道，消灭恐慌的最有效的办法就是消灭欲望。可是我还知道，消灭人性的最有效的办法也是消灭欲望。那么，是消灭欲望同时也消灭恐慌呢？还是保留欲望同时也保留人生？

我在这园子里坐着，我听见园神告诉我：每一个有激情的演员都难免是一个人质。每一个懂得欣赏的观众都巧妙地粉碎了一场阴谋。每一个乏味的演员都是因为他老以为这戏剧与自己无关。每一个倒霉的观众都是因为他总是坐得离舞台太近了。

我在这园子里坐着，园神成年累月地对我说：孩子，这不是别的，这是你的罪孽和福祉。

七

要是有些事我没说，地坛，你别以为是我忘了，我什么也没忘，但是有些事只适合收藏。不能说，也不能想，却又不能忘。它们不能变成语言，它们无法变成语言，一旦变成语言就不再是它们了。它们是一片朦胧的温馨与寂寥，是一片成熟的希望与绝望，它们的领地只有两处：心与坟墓。比如说邮票，有些是用于寄信的，有些仅仅是为了收藏。

如今我摇着车在这园子里慢慢走，常常有一种感觉，觉得我一个人跑出来已经玩得太久了。有一天我整理我的旧相册，看见一张十几年前我在这园子里照的照片——那个年轻人坐在轮椅上，背后是一棵老柏树，再远处就是那座古祭坛。我便到园子里去找那棵树。我按着照片上的背景很快就找到了它，按着照片上它枝干的形状找，肯定那就是它。但是它已经死了，而且在它身上缠绕着一条碗口粗的藤萝。有一天我在这园子里碰见一个老太太，她说："哟，你还在这儿哪？"她问我："你母亲还好吗？""您是谁？""你不记得我，我可记得你。有一回你母亲来这儿找你，她问我您看没看见一个摇轮椅的孩子？……"我忽然觉得，我一个人跑到这世界上来玩真是玩得太久了。有一天夜晚，我独自坐在祭坛边的路灯下看书，忽然从那漆黑的祭坛里传出一阵阵唢呐声；四周都是参天古树，方形祭坛占地几百平方米，空旷坦荡独对苍天，我看不见那个吹唢呐的人，唯唢呐声在星光寥寥的夜空里低吟高唱，时而悲怆时而欢快，时而缠绵时而苍凉，或许这几个词都不足以形容它，我清清醒醒地听出它响在过去，响在现在，响在未来，回旋飘转亘古不散。

必有一天，我会听见喊我回去。

那时您可以想象一个孩子，他玩累了可他还没玩够呢，心里好些新奇的念头甚至等不及到明天。也可以想象是一个老人，无可置疑地走向他的安息地，走得任劳任怨。还可以想象一对热恋中的情人，互相一次次说"我一刻也不想离开你"，又互相一次次说"时间已经不早了"，时间不早了可我一刻也不想离开你，一刻也不想离开你可时间毕竟是不早了。

我说不好我想不想回去。我说不好是想还是不想，还是无所谓。我说不好我是像那个孩子，还是像那个老人，还是像一个热恋中的情人。很可能是这样：我同时是他们三个。我来的时候是个孩子，他有那么多孩子气的念头所以才哭着喊着闹着要来，他一来一见到这个世界便立刻成了不要命的情人，而对一个情人来说，不管多么漫长的时光也是稍纵即逝，那时他便明白，每一步每一步，其实一步步都是走在回去的路上。当牵牛花初开的时节，葬礼的号角就已吹响。

但是太阳，他每时每刻都是夕阳也都是旭日。当他熄灭着走下山去收尽苍凉残照之际，正是他在另一面燃烧着爬上山巅布散烈烈朝辉之时。那一天，我也将沉静着走下山去，扶着我的拐杖。有一天，在某一处山洼里，势必会跑上来一个欢蹦的孩子，抱着他的玩具。

当然，那不是我。

但是，那不是我吗？

宇宙以其不息的欲望将一个歌舞炼为永恒。这欲望有怎样一个人间的姓名，大可忽略不计。

1990 年

好运设计

　　要是今生遗憾太多,在背运的当儿,尤其在背运之后情绪渐渐平静了或麻木了,你独自待一会儿,抽支烟,不妨想一想来世。你不妨随心所欲地设想一下(甚至是设计一下)自己的来世。你不妨试试。在背运的时候,至少我觉得这不失为一剂良药——先可以安神,而后又可以振奋,就像输惯了的赌徒把屡屡的败绩置于脑后,输光了裤子也还是对下一局存着饱满的好奇和必赢的冲动,这没有什么不好。这有什么不好吗?无非是说迷信,好吧,你就迷信它一回。无非是说这不科学,行,况且对于走运和背运的事实,科学本来无能为力。无非说这是空想,这是自欺,这是做梦,没用。那么希望有用吗?希望是不是必得在被证明了是可以达到的之后才能成立?当然,这些差不多都是废话,背了运的时候哪想得起来这么多废话?背了运的时候只是想走运有多么好,要是能走运有多好。到底会有多好呢?想想吧,想想没什么坏处,干吗不想一想呢?我就常常这样去想,我常常浪费很多时间去做这样的蠢事。

我想，倘有来世，我先要占住几项先天的优越：聪明、漂亮和一副好身体。命运从一开始就不公平，人一生下来就有走运的和不走运的。譬如说一个人很笨，这该怨他自己吗？然而由此所导致的一切后果却完全要由他自己负责——他可能因此在兄弟姐妹之中是最不被父母喜爱的一个，他可能因此常受老师的斥责和同学们的嘲笑，他于是便更加自卑、更加委顿，饱受了轻蔑终也不知这事到底该怨谁。再譬如说，一个人生来就丑，相当丑，再怎么想办法去美容都无济于事，这难道是他的错误是他的罪过？不是，好，不是。那为什么就该他难得姑娘们的喜欢呢？因而婚事就变得格外困难，一旦有个漂亮姑娘爱上他却又赢得多少人的惊诧和不解，终于有了孩子，不要说别人就连他自己都希望孩子千万别长得像他自己。为什么就该他是这样呢？为什么就该他常遭取笑，常遭哭笑不得的外号，或者常遭怜悯，常遭好心人小心翼翼地对待呢？再说身体，有的人生来就肩宽腿长潇洒英俊（或者婀娜妩媚娉娉婷婷），生来就有一身好筋骨，跑得也快跳得也高，气力足耐力又好，精力旺盛，而且很少生病，可有的人却与此相反生来就样样都不如人。对于身体，我的体会尤甚。譬如写文章，有的人写一整天都不觉得累，可我连续写上三四个钟头眼前就要发黑。譬如和朋友们一起去野游，满心欢喜妙想联翩地到了地方，大家的热情正高雅趣正浓，可我已经累得只剩了让大家扫兴的份儿了。所以我真希望来世能有一副好身体。今生就不去想它了，只盼下辈子能够谨慎投胎，有健壮优美如卡尔·刘易斯一般的身体和体质，有潇洒漂亮如周恩来一般的相貌和风度，有聪明智慧如阿尔伯特·爱因斯坦一般的大脑和灵感。

　　既然是梦想不妨就让它完美些吧。何必连梦想也那么拘谨那么谦虚呢？我便如醉如痴并且极端自私自利地梦想下去。

降生在什么地方也是件相当重要的事。二十年前插队的时候，我在偏远闭塞的陕北乡下，见过不少健康漂亮尤其聪慧超群的少年。当时我就想他们要是生在一个恰当的地方他们必都会大有作为，无论他们做什么他们都必定成就非凡。但在那穷乡僻壤，吃饱肚子尚且是一件颇为荣耀的成绩，哪还有余力去奢想什么文化呢？所以他们没有机会上学，自然也没有书读，看不到报纸电视甚至很少看得到电影，他们完全不知道外面的世界是什么样子，便只可能遵循了祖祖辈辈的老路，日出而作日落而息，春种秋收夏忙冬闲，日复一日年复一年。光阴如常地流逝，然后他们长大了，娶妻生子成家立业，才华逐步耗尽变做纯朴而无梦想的汉子。然后，可以料到，他们也将如他们的父辈一样地老去，唯单调的岁月在他们身上留下注定的痕迹。而人为什么要活这一回呢？却仍未在他们苍老的心里成为问题。然后，他们恐惧着、祈祷着、惊慌着听命于死亡随意安排。再然后呢？再然后倘若那地方没有变化，他们的儿女们必定还是这样地长大、老去、磨钝了梦想，一代代去完成同样的过程。或许这倒是福气？或许他们比我少着梦想所以也比我少着痛苦？他们会不会也设想过自己的来世呢？没有梦想或梦想如此微薄的他们又是如何设想自己的来世呢？我不知道。我不知道。我只希望我的来世不要是他们这样，千万不要是这样。

那么降生在哪儿好呢？是不是生在大城市，生在个贵府名门就肯定好呢？父亲是政绩斐然的总统，要不是个家藏万贯的大亨，再不就是位声名赫赫的学者，或者父母都是不同寻常的人物，你从小就在一个备受宠爱备受恭维的环境中长大，呈现在你面前的是无忧无虑的现实，绚烂辉煌的前景，左右逢源的机遇，一帆风顺的坦途……不过这样是不是就好呢？一般来说这样的境遇也是一种残疾，也是一种牢笼。这样的境遇经常造就着蠢材，不蠢的概率很小，有所作为的比例很低，而且大凡有点水平的姑娘都不肯高攀这样的人；固然他们之中也有智能超群的天才，也有过大有作为的人物，也出过明心见性的悟者，但毕竟概率很小比例很低。这就有相当大的风险，下辈子务必慎重从事，不可疏忽大意不可掉以轻心，今生多舛来生再受不住是个蠢材了。

生在穷乡僻壤，有孤陋寡闻之虞，不好；生在贵府名门，又有骄狂愚妄之险，也不好。

生在一个介于此二者之间的位置上怎么样？嗯，可能不错。

既知晓人类文明的丰富璀璨，又懂得生命路途的坎坷艰难，这样的位置怎么样？嗯，不错。

既了解达官显贵奢华而危惧的生活，又体会平民百姓清贫而深情的岁月，这位置如何？嗯！不错，好！

既有博览群书并入学府深造的机缘，又有浪迹天涯独自在社会上闯荡的经历；既能在关键时刻得良师指点如有神助，又时时事事都要靠自己努力奋斗绝非平步青云；既饱尝过人情友爱的美好，又深知了世态炎凉的正常，故而能如罗曼·罗兰所说"看清了这个世界，而后爱它"。——这样的位置可好？好。确实不错。好虽好，不过这样的位置在哪儿呢？

在下辈子。在来世。只要是好，咱可以设计。咱不慌不忙仔仔细细地设计一下吧。我看没理由不这样设计一下。甭灰心，也甭沮丧，真与假的说道不属于梦想和希望的范畴，还是随心所欲地来一回"好运设计"吧。

你最好生在一个普通知识分子的家庭。

也就是说，你父亲是知识分子但千万不要是那种炙手可热过于风云的知识分子，否则，"贵府名门"式的危险和不幸仍可能落在你头上：你将可能没有一个健全、质朴的童年，你将可能没有一群浪漫无猜的伙伴，你将会错过唯一可能享受到纯粹的友情、感受到圣洁的忧伤的机会，而那才是童年，才是真正的童年。一个人长大了若不能怀恋自己童年的痴拙，若不能默然长思或仍耿耿于怀孩提时光的往事，当是莫大的缺憾，对于我们的"好运设计"，则是个后患无穷的错误。你应该有一大群来自不同家庭的男孩儿和女孩儿做你的朋友，你跟他们一块儿认真地吵架并且翻脸，然后一块儿哭着和好如初。把你的秘密告诉他们，把他们告诉给你的秘密对任何人也不说，你们订一个暗号，这暗号一经发出你们一个个无论正在干什么也得从家里溜出来，密谋一桩令大人们哭笑不得的事件。当你父母不在家的时候，随便找个理由把你的好朋友都叫来——比如说为了你的生日或为了离你的生日还差一个多月，你们痛痛快快随心所欲地折腾一天，折腾饿了就把冰箱里能吃的东西都吃光，然后继续载歌载舞地庆祝，直到不小心把你父亲的一件贵重艺术品摔成分文不值，你们的汗水于是被冻僵了一会儿，但这是个机会，是你为朋友们献身的时刻，你脸色煞白但拍拍胸脯说这怕什么这没啥了不起，随后把朋友们都送走，你独自胆战心惊地策划一篇谎言（要是你家没有猫，你记住：邻居家不一定都没有猫）。你还可以跟你的朋友们一起去冒险，到一个据说最可怕的地方，比如离家很远的一片野地、一幢空屋、一座孤岛、孤岛上废弃的古刹、古刹四周阴森零落的荒冢……都是可供选择的地方，你从自己家的抽屉里而不要从别人家的抽屉里拿点钱，以备不时之需；你们瞒过父母，必要的话还得瞒过姐姐或弟弟；你们可以不带那些女孩子去，但如果她们执意要跟着也就别无选择，然后出发，义无反顾。把你的新帽子扯破了新鞋弄丢了一只这没关系，把膝盖碰出了血把白衬衫上洒了一瓶紫药水这没关系，作业忘记做了还在书包里装了两只活蛤蟆一只死乌鸦这都毫无关系，你母亲不会怪你，因为当晚霞越来越淡继而夜色越来越浓的时候，你父亲也沉不住气了，他正要动身去报案，你们突然都回来了，累得一塌糊涂但毕竟完整无缺地回来了，你母亲庆幸还庆幸不过来呢还会再存什么别的奢望吗？"他们回来啦，他们回来啦！"仿佛全世界都和平解放了，一群群平素威严的父亲都乖乖地跑出来迎接你们，同样多的一群母亲此刻转忧为喜光顾得摩挲你们的脸蛋和亲吻你们的脑门儿："你们这是上哪儿去了呀，哎哟天哪，你们还知道回来吗！"你就大模大样地躺在沙发上呼哧唤喝，"累死了，哎呀真是累死了！"你就这样，没问题，再讲点莫须有的惊险故事既吓唬他们也陶醉自己，你就得这样。只要这样，一切帽子、裤子、鞋、作业和书包、活蛤蟆以及死乌鸦，就都微不足道了。（等你长到我这样的年龄时，你再告诉他们那些惊险的故事都是你为了逃避挨揍而获得的灵感，那时你年老的父母肯定不会再补揍你一顿，而仍可能摩挲你的脸甚至吻你的脑门儿了。）但重要的是，这次冒险你无论如何得安全地回来——就像所有的戏剧还没打算结束时所需要的那样，否则接下去的好运就无法展开了。不错，你的童年应该是这样的，就应该按照这样的思路去设计，一个幸运者的童年就得是这样。我的纸写不下了，待实施的时候应该比这更丰富多彩。比如你还可颇具分寸地惹一点小祸，一个幸运的孩子理应惹过一点小祸，而且理应遇到过一些困难，遇到过一两个骗子、一两个坏人、一两个蠢货和一两个不会发愁而很会说笑话的人。一个幸运的孩子应该有点野性。当然你的父亲是个地地道道的知识分子，因为一个幸运的人必须从小受到文化的熏陶，野到什么份上都不必忧虑但要有机会使你崇尚知识，之所以把你父亲设计为知识分子，全部的理由就在于此。

你的母亲也要有知识，但不要像你父亲那样关心书胜过关心你。也不要像某些愚蠢的知识妇女，料想自己功名难就，便把一腔希望全赌在了儿女身上，生了个女孩就盼她将来是个居里夫人，养了个男娃就以为是养了个小贝多芬。这样的母亲千万别落到咱头上，你不听她的话你觉得对不起她，你听了她的话你会发现她对不起你。她把你像幅名画似的挂在墙上后退三步眯起眼睛来观赏你，把你像颗话梅似的含在嘴里颠来倒去地品味你。你呢？站在那儿吱吱嘎嘎地折磨一把挺好的小提琴，长大了一想起小提琴就发抖，要不就是没日没夜地背单词背化学方程式，长大了不是傻瓜就是暴徒。你的母亲当然不是这样。有知识不是有文凭，你的母亲可以没有文凭。有知识不是被知识霸占，你的母亲不是知识的奴隶。有知识不能只是有对物的知识，而是得有对人的了悟。一个幸运者的母亲必然是一个幸运的母亲，一个明智的母亲，一个天才的母亲，她自打当了母亲她就得了灵感，她教育你的方法不是来自教育学，而是来自她对一切生灵乃至天地万物由衷的爱，由衷的战栗与祈祷，由衷的镇定和激情。在你幼小的时候她只是带着你走，走在家里，走在街上，走到市场，走到郊外，她难得给你什么命令，从不有目的地给你一个方向，走啊走啊你就会爱她，走啊走啊，你就会爱她所爱的这个世界。等你长大了，她就放你到你想要去的地方去，她深信你会爱这个世界，至于其他她不管，至于其他那是你的自由你自己负责。她只有一个愿望，就是你能常常回来，你能有时候回来一下。

在你两三岁的时候你就光是玩，成天就玩，别着急背诵《唐诗三百首》和弄通百位数以内的加减法，去玩一把没有钥匙的锁和一把没有锁的钥匙，去玩撒尿和泥，然后用不着洗手再去玩你爷爷的胡子。到你四五岁的时候你还是玩，但玩得要高明一点了，在你母亲的皮鞋上钻几个洞看看会有什么效果，往你父亲的录音机里撒把沙子听听声音会不会更奇妙。上小学的时候，我看你门门功课都得上三四分就够了，剩下的时间去做些别的事，以便让你父母有机会给人家赔几块玻璃。一上中学尤其一上高中,所有的熟人几乎都不认识你了,都得对你刮目相看:你在数学比赛上得奖,在物理比赛上得奖,在作文比赛上得奖,在外语比赛上你没得奖但事后发现那不过是老师的一个误判。但这都并不重要,这些奖啊奖啊奖啊并不足以构成你的好运,你的好运是说你其实并没花太多时间在功课上。你爱好广泛,多能多才,奇想迭出,别人说你不务正业你大不以为然,凡兴趣所至仍神魂聚注若癫若狂。

你热爱音乐,古典的交响乐,现代的摇滚乐,温文尔雅的歌剧清唱剧,粗犷豪放的民谣村歌,乃至悠婉凄长的叫卖,孤零萧瑟的风声,温馨闲适的节日的音讯,你都听得心醉神迷,听得怆然而沉寂,听出激越和威壮,听到玄妙与空冥,你真幸运,生存之神秘注入你的心中使你永不安规守矩。

你喜欢美术,喜欢画作,喜欢雕塑,喜欢异彩纷呈的烧陶,喜欢古朴稚拙的剪纸,喜欢在渺无人迹的原野上独行,在水阔天空的大海里驾舟,在山林荒莽中跋涉,看大漠孤烟,看长河落日,看鸥鸟纵情翱飞,看老象坦然赴死,你从色彩感受生命,由造型体味空间,在线条上嗅出时光的流动,在连接天地的方位发现生灵的呼喊。你是个幸运的人因为你真幸运,你于是匍匐在自然造化的脚下,奉上你的敬畏与感恩之心吧,同时上苍赐予你不屈不尽的创造情怀。

你幸运得简直令人嫉妒,因为体育也是你的擅长。九秒九一,懂吗?两小时五分五十九秒,懂吗?就是说,从一百米到马拉松不管多长的距离没有人能跑得过你;二米四五、八米九一,知道这是什么意思吗?就是说没人比你跳得高也没人比你跳得远;突破二十三米、八十米、一百米,就是说,铅球也好铁饼也好标枪也好,在投掷比赛中仍然没有你的对手。当然这还不够,好运气哪有个够呢?差不多所有的体育项目你都行:游泳、滑雪、溜冰、踢足球、打篮球,乃至击剑、马术、射击，乃至铁人三项……你样样都玩得精彩、洒脱、漂亮。你跑起来浑身的肌肤像波浪一样滚动，像旗帜一般飘展；你跳起来仿佛地上也有了弹性，空中也有着依托；你披波戏水，屈伸舒卷，神出鬼没；在冰原雪野，你翻转腾挪，如风驰电掣；生命在你那儿是一个节日，是一个庆典，是一场狂欢……那已不再是体育了，你把体育变得不仅仅是体育了，幸运的人，那是舞蹈，那是人间最自然最坦诚的舞蹈，那是艺术，是上帝选中的最朴实最辉煌的艺术形式。这时连你在内，连你的肉体你的心神，都是艺术了，你这个幸运的人，世界上最幸运的人，偏偏是你被上帝选做了美的化身。

　　接下来你到了恋爱的季节。你十八岁了，或者十九或者二十岁了。这时你正在一所名牌大学里读书，读一个最令人仰慕的系最令人敬畏的专业，你读得出色，各种奖啊奖啊又闹着找你。现在你的身高已经是一米八八，你的喉结开始突起，嘴唇上开始有了黑色但还柔软的胡须，就是在这时候你的嗓音开始变得浑厚迷人，就是在这时候你的百米成绩开始突破十秒，你的动静坐卧举手投足都流溢着男子汉的光彩……总之，由于我们已经设计过的诸项优点或者说优势，明显地追逐你的和不露声色地爱慕着你的姑娘们已是成群结队，你经常在教室里看见她们异样的目光，在食堂里听出她们对你喊喊喳喳的议论，在晚会上她们为你的歌声所倾倒，在运动会上她们被你的身姿所激动而忘情地欢呼雀跃，但你一向只是拒绝，拒绝，婉言而真诚地拒绝，善意而巧妙地逃避，弄得一些自命不凡的姑娘委屈地流泪。但是有一天，你在运动场上正放松地慢跑，你忽然看见一个陌生的姑娘也在慢跑，她的健美一点不亚于你，她修长的双腿和矫捷的步伐一点不亚于你，生命对她的宠爱、青春对她的慷慨这些绝不亚于你，而她似乎根本没有发现你，她顾自跑着目不斜视，仿佛除了她和她的美丽这世界上并不存在其他东西，甚至连她和她的美丽她也不曾留意，只是任其随意流淌，任其自然地涌荡。而你却被她的美丽和自信震慑了，被她的优雅和茁壮惊呆了。你被她的倏然降临搞得心神恍惚手足无措。（我们同样可以为她也做一个"好运设计"，她是上帝的一个完美的作品，为了一个幸运的男人这世界上显然该有一个完美的女人，当然反过来也是一样。）于是你不跑了，伏在跑道边的栏杆上忘记了一切，光是看她。她跑得那么轻柔，那么从容，那么飘逸，那样灿烂。你很想冲她微笑一下向她表示一点敬意，但她并不给你这样的机会，她跑了一圈又一圈却从来没有注意到你，然后她走了。简单极了，就是说她跑完了该走了，就走了。就是说她走了，走了很久而你还站在原地。就是说操场上空空旷旷只剩了你一个人，你头一回感到了惆怅和孤零——她不知道你是谁，你也不知道她从哪儿来。但你把她记在了心里。但幸运之神依然和你在一起。此后你又在图书馆里见到过她，你费尽心机总算弄清了她在哪个系。此后你又在游泳池里见到过她，你拐弯抹角从别人那儿获悉了她的名字。此后你又在滑冰场上见到过她，你在她周围不露声色地卖弄你的千般技巧万种本事，终于引起了她的注意。此后你又在朋友家里和她一起吃过一次午饭（你和你的朋友为此蓄谋已久），这下你们到底算认识了，你们谈了很多，谈得融洽而且热烈。此后不是你去找她，就是她来找你，春夏秋冬春夏秋冬，不是她来找你就是你去找她，春夏秋冬……总之，总而言之，你们终成眷属。你是一个幸运的人——至少我们的"好运设计"是这样说的——所以你万事如意。

也许你已经注意到了，我们的"好运设计"至此显得有些潦草了。是的。不过绝不是我们无能把它搞得更细致、更完善、更浪漫、更迷人，而是我忽然有了一点疑虑，感到了一点困惑，有一道淡淡的阴影出现了并正在向我们靠近，但愿我们能够摆脱它，能够把它消解掉。

阴影最初是这样露头的：你能在一场如此称心、如此顺利、如此圆满的爱情和婚姻中饱尝幸福吗？也就是说，没有挫折，没有坎坷，没有望眼欲穿的企盼，没有撕心裂肺的煎熬，没有痛不欲生的痴癫与疯狂，没有万死不悔的追求与等待，当成功到来之时你会有感慨万端的喜悦吗？在成功到来之后还会不会有刻骨铭心的幸福？或者，这喜悦能到什么程度？这幸福能被珍惜多久？会不会因为顺利而冲淡其魅力？会不会因为圆满而阻塞了渴望，而限制了想象，而丧失了激情，从而在以后漫长的岁月中只是遵从了一套经济规律、一种生理程序、一个物理时间，心路却已荒芜，然后是腻烦，然后靠流言蜚语排遣这腻烦，继而是麻木，继而用插科打诨加剧这麻木——会不会？会不会是这样？地球如此方便如此称心地把月亮搂进了自己的怀中，没有了阴晴圆缺，没有了潮汐涨落，没有了距离便没有了路程，没有了斥力也就没有了引力，那是什么呢？很明白，那是死亡。当然一切都在走向那里，当然那是一切的归宿，宇宙在走向热寂。但此刻宇宙正在旋转，正在飞驰，正在高歌狂舞，正借助了星汉迢迢，借助了光阴漫漫，享受着它的路途，享受着坍塌后不死的沉吟，享受着爆炸后辉煌的咏叹，享受着追寻与等待，这才是幸运，这才是真正的幸运，恰恰死亡之前这波澜壮阔的挥洒，这精彩纷呈的燃烧才是幸运者得天独厚的机会。你是一个幸运者，这一点你要牢记。所以你不能学那凡夫俗子的梦想，我们也不能满意这晴空朗日水静风平的设计。所谓好运，所谓幸福，显然不是一种客观的程度，而完全是心灵的感受，是强烈的幸福感罢了。幸福感，对了。没有痛苦和磨难你就不能强烈地感受到幸福，对了。那只是舒适只是平庸，不是好运不是幸福，这下对了。

现在来看看，得怎样调整一下我们的"设计"，才能甩掉那不祥的阴影，才能远远离开它。也许我们不得不给你加设一点小小的困难，不太大的坎坷和挫折，甚至是一些必要的痛苦和磨难，为了你的幸福不致贬值我们要这样做，当然，会很注意分寸。

仍以爱情为例。我们想是不是可以这样：一开始，让你未来的岳父岳母对你们的恋爱持反对态度，他们不大看得上你，包括你未来的大舅子、小姨子、大舅子的夫人和小姨子的男朋友等一干人马都看不上你。岳父说要是这样他宁可去死。岳母说要是这样她情愿少活。大舅子于是奉命去找了你们单位的领导说你破坏了一个美满的家庭。小姨子流着泪劝她的姐姐三思再三思，爹有心脏病娘有高血压。岳父便说他死不瞑目。岳母说她死后做鬼也不饶过你们。你是个幸运的人你真没看错那个姑娘，她对你一往情深始终不渝，她说与其这样不如她先于他们去死，但在死前她有必要提个问题："请问他哪点儿不好呢？"不仅这姑娘的父母无言以对，就连咱们也无以做答，按照已有的设计，你好像没有哪点不好，你简直无懈可击，那两个老人倘不是疯子不是傻瓜不是心理变态，他们为什么会反对你成为他们的女婿呢？故对此得做一点修改，你不能再是一个完人，你得至少有一个弱点，甚至是一种很要紧的缺欠，一种大凡岳父母都难以接受的缺欠。然后你在爱情的鼓舞下，在那对蛮横老人颇合逻辑的蔑视的刺激下，痛下决心破釜沉舟发愤图强历尽艰辛终于大功告成终于光彩照人终于震撼了那对老人，令他们感动令他们愧悔于是心悦诚服地承认了你这个女婿，使你热泪盈眶欣喜若狂忽然发现天也是格外的蓝地球也是出奇的圆柔情似水佳期如梦幸福地久天长……是不是得这样呢？得这样。大概是得这样。

什么样的缺欠呢？你看给你设计什么样的缺欠比较适合？

笨？不不，这不行，笨很可能是一件终生的不幸，几乎不是努力可以根本克服的，此一点应坚决予以排除。

丑呢？不，丑也不行，丑也是无可挽回的局面，弄不好还会殃及后代，不行，这肯定不行。

无知呢？行不行？不，这比笨还不如，绝对的（或相当严重的）无知与白痴没有什么区别；而相对的无知又不是一项缺欠，我们每个人都是这样。

你总得做一点让步嘛。譬如说木讷一点，古板一点行吗？缺乏点活力，缺乏点朝气，缺乏点个性，缺乏点好奇心，譬如说这样，行吗？噢，你居然还在问"行吗"，再糟糕不过！接下来你会发现你还缺乏勇气，缺乏同情，缺乏感觉，遇事永远不会激动，美好不能使其赞叹，丑恶也不令其憎恶，你既不懂得感动也不懂得愤怒，你不怎么会哭又不大会笑，这怎么能行？你还是活的吗？你还能爱吗？你还会为了爱而痛苦而幸福吗？不行。

那么狡猾一点可以吗？狡猾，唉，其实人们都多多少少地有那么一点狡猾，这虽不是优点但也不必算作缺点，凡要在这世界上生存下去的种类，有点狡猾也是在所难免。不过有一点需要明确：若是存心算计别人、不惜坑害别人的狡猾可不行，那样的人我怕大半没什么好下场。那样的人同样也不会懂得爱（他可能了解性，但他不懂得爱，他可能很容易猎获性器的快感，但他很难体验性爱的陶醉，因为他依靠的不是美的创造而仅仅是对美的赚取），况且这样的人一般来说都没有什么真正的才华和魅力，否则也无需选用了狡猾。不行。无论从哪个角度想，狡猾都不行。

要不，有一点病？噢老天爷，千万可别，您饶了我吧，无论如何帮帮忙，下辈子万万不能再有病了，绝对不能。咱们辛辛苦苦弄这个"好运设计"因为什么您知道不？是的您应该知道，那就请您再别提病，一个字也别提。

只是有一点小病呢？小病也不行，发烧感冒拉肚子？不不，这没用，有点小病不构成对什么人的威胁，也不能如我们所期望的那样最终使你的幸福加倍，有也是白有。但绝不是说你没病则已，有就有它一种大病，不不！绝没有这个意思；你必须要明白，在任何有期徒刑（注意：有期）和有一种大病之间，要是你非得做出选择不可的话，你要选择前者，前者！对对，没有商量的余地。

要是你得了一种大病，别急，听我说完，得了一种足以使你日后的幸福升值的大病，而这病后来好了，这怎么样？唔，这倒值得考虑。你在病榻上躺了好几年，看见任何一个健康的人你都羡慕，你想你是他们中间的任何一个你都知足，然后你的病好了，完好如初，这怎么样？说下去。你本来已经绝望了，你想即便不死未来的日子也是无比黯淡，你想与其这样倒不如死了痛快，就在这时你的病情突然有了转机。说下去。在那些绝望的白天和黑夜，你祷告许愿，你赌咒发誓，只要这病还能好，再有什么苦你都不会觉得苦再有什么难你都不会觉得难，默默无闻呀，一贫如洗呀，这都有什么关系呢？你将爱生活，爱这个世界，爱这个世界上所有的人……这时，就在这时奇迹发生了，一个奇迹使你完全恢复了健康，你又是那么精力旺盛健步如飞了。这样好不好？好极了，再往下说。你本来想只要还能走就行，可你现在又能以九秒九一的速度飞跑了；你本来想只要再能跳就好了，可你现在又可以跳过二米四五了；你本来想只要还能独立生活就够了，可现在你的用武之地又跟地球一样大了；你本来想只要还能算个人不至于把谁吓跑就谢天谢地了，可现在喜欢你的好姑娘又是数不胜数铺天盖地而来了。往下说呀，别含糊，说下去。当然你痴心不改——这不是错误，大劫大难之后人不该失去锐气，不该失去热度，你镇定了但仍在燃烧，你平稳了却更加浩荡，你依然爱着那个姑娘爱得山高海深不可动摇，这时候你未来的老丈人老丈母娘自然也不会再反对你们的结合了，不仅不反对而且把你看作是他们的光彩是他们的荣耀是他们晚年的福气是他们九泉之下的安慰。此刻你是多么幸福，你同你所爱的人在一起，在蓝天阔野中跑，在碧波白浪中游，你会是怎样地幸福！现在就把前面为你设计的那些好运气都搬来吧，现在可以了，把它们统统搬来吧，劫难之后失而复得，现在你才真正是一个幸福的人了。苦尽甜来，对，这才是最为关键的好运道。

苦尽甜来，对，只要是苦尽甜来其实怎么都行，生生病呀，失失恋呀，要要饭呀，挨挨揍呀（别揍坏了），被抄抄家呀，坐坐冤狱呀，只要能苦尽甜来其实都不是坏事。怕只怕苦也不尽，甜也不来。其实都用不着甜得很厉害，只要苦尽也就够了。其实都用不着什么甜，苦尽了也就很甜了。让我们为此而祈祷吧。让我们把这作为一条基本原则，无论如何写进我们的"好运设计"中去吧，无论如何安排在头版头条。

问题是，苦尽甜来又怎样呢？苦尽甜来之后又当如何？哎哟，那道阴影好像又要露头。苦尽甜来之后要是你还没死，以后的日子继续怎样过呢？我们应当怎样继续为你设计好运呢？好像问题还是原来的问题，我们并没能把它解决。当然现在你可以不断地忆苦思甜，不断地知足常乐，我们也完全可以把你以后的生活设计得无比顺利，但这样下去我们是不是绕了一圈又回到那不祥的阴影中去了？你将再没有企盼了吗？再没有新的追求了吗？那么你的心路是不是又在荒芜，于是你的幸福感又要老化、萎缩、枯竭了呢？是的，肯定会是这样。幸福感不是能一次给够的，一次幸福感能维护多久这不好计算，但日子肯定比它长，比它长的日子却永远要依靠着它。所以你不能失去距离，不能没有新的企盼和追求，你一时失去了距离便一时没有了路途，一时没有了企盼和追求便一时失去了兴致和活力，那样我们势必要前功尽弃，那道阴影必不失时机地又用无聊、用乏味、用腻烦和麻木来纠缠你，来恶心你，同时葬送我们的"好运设计"。当然我们不会答应。所以我们仍要为你设计新的距离，设计不间断的企盼和追求。不过这样你就仍然要有痛苦，一直要有。是的是的，一时没有了痛苦的衬照便一时没有了幸福感。

真抱歉，我们没想到会是这样。我们一向都是好意，想使你幸福，想使你在来世频交好运，没想到竟还得不断地给你痛苦。那道讨厌的阴影真是把咱们整惨了。看看吧，看看是否还有办法摆脱它。真对不起，至少我先不吹牛了，要是您还有兴趣咱们就再试试看，反正事已至此，我想也不必草草率率地回心转意，看在来世的分上，就再试试吧。

看来，在此设计中不要痛苦是不大可能了。现在就只剩下了一条路：使痛苦尽量小些，小到什么程度并没有客观的尺度，总归小到你能不断地把它消灭就行了。就是说，你能够不断地克服困难，你能够不断地跨越距离，你能够不断地实现你的愿望，这就行了。痛苦可以让它不断地有，但你总是能把它消灭，这就行了，这样你就巧妙地利用了这些混账玩意儿而不断地得到幸福感了。只要这样行，接下来的事由我们负责。我们将根据以上要求为你设计必要的才能、必要的机运，必要的心理素质、意志品质，以及必要的资金、器械、设施、装备，乃至大夫护士、贤妻良母、孝子乖孙等一系列优秀的后勤服务。总之，这些我们都能为你设计，只要一个人永远是个胜利者这件事是可能的，只要这样，我们的"好运设计"就算成了。只好也就这样了，这样也就算成了。

不过，这是不是可能的？你见没见过永远的胜利者？好吧，没见过并不说明这是不可能的，没见过的我们也可以设计。你，譬如说你就是一个永远的胜利者，那么最终你会碰见什么呢？死亡。对了，你就要碰见它，无论如何我们没法使你不碰见它，不感到它的存在，不意识到它的威胁。那么你对它有什么感想？你一生都在追求，一直都在胜利，一向都是幸福的，但当死亡来临的时候你想你终于追求到了什么呢？你的一切胜利到底都是为了什么呢？这时你不沮丧，不恐惧，不痛苦吗？你就像一个被上帝惯坏了的孩子，从来不知道什么叫失败，从来没遭遇过绝境，但死神终于驾到了，死神告诉你这一次你将和大家一样不能幸免，你的一切优势和特权（即那"好运设计"中所规定的）都已被废黜，你只可俯首帖耳听凭死神的处置。这时候你必定是一个最痛苦的人，你会比一生不幸的人更痛苦（他已经见到了的东西你却一直因为走运而没机会见到），命运在最后跟你算总账了（它的账目一向是收支平衡的），它以一个无可逃避的困境勾销你的一切胜利。它以一个不容置疑的判决报复你的一切好运，最终不仅没使你幸福反而给你一个你一直有幸不曾碰到的——绝望。绝望，当死亡到来之际这个绝望是如此的货真价实，你甚至没有机会考虑一下对付它的办法了。

怎么办？你怎么办？我们怎么办？你说事情不会是这样，你的胜利依旧还是胜利，它会造福于后人；你的追求并没有白费，它将为后人铺平道路；而这就是你的幸福，所以你不会沮丧不会痛苦你至死都会为此而感到幸福。这太好了，一个真正的幸运者就应该有这样的胸怀有如此高尚的情操——让我们暂时忘记我们只是在为自己设计好运吧，或者让我们暂时相信所有的人都能够享受有同样的好运吧——一个幸运者只有这样才能最终保住自己的好运，才能使自己最终得享平安和幸福。但是——但是！就算我们没有发现您的不诚实，一个如您这般聪明高尚的人总该知道您正在把后人的路铺向哪儿吧？铺到哪儿才算成功了呢？铺到所有的人都幸福都没了痛苦的地方？那么他们不是又将面对无聊了吗？当他们迎候死亡时不是就不能再像您这样，以"为后人铺路"而自豪而高尚而心安理得了吗？如果终于不能使所有的人都幸福都没了痛苦，您的高尚不就成了一场骗局您的胜利又怎么能胜得过阿Q呢？我们处在了两难的境地。如果您再诚实点，事情可能会更难办：人类是要消亡的，地球是要毁灭的，宇宙在走向热寂。我们的一切聪明和才智、奋斗和努力、好运和成功到底有什么价值？有什么意义？我们在走向哪儿？我们再朝哪儿走？我们的目的何在？我们的欢乐何在？我们的幸福何在？我们的救赎之路何在？我们真的已经无路可走真的已入绝境了吗？

　　是的，我们已入绝境。现在就是对此不感兴趣都不行了，你想糊弄都糊弄不过去了，你曾经不是傻瓜你如今再想是也晚了，傻瓜从一开始就不对我们这个设计感兴趣。而你上了贼船，这贼船已入绝境，你没处可退也没处可逃。情况就是这样。现在我们只占着一项便宜，那就是死神还没驾到，我们还有时间想想对付绝境的办法。当然不是逃跑，当然你也跑不了。其他的办法，看看，还有没有。

　　过程。对，过程，只剩了过程。对付绝境的办法只剩它了。不信你可以慢慢想一想，什么光荣呀，伟大呀，天才呀，壮烈呀，博学呀，这个呀那个呀，都不行，都不是绝境的对手，只要你最最关心的是目的而不是过程你无论怎样都得落入绝境，只要你仍然不从目的转向过程你就别想走出绝境。过程——只剩了它了。事实上你唯一具有的就是过程。一个只想（只想！）使过程精彩的人是无法被剥夺的，因为死神也无法将一个精彩的过程变成不精彩的过程，因为坏运也无法阻挡你去创造一个精彩的过程，相反你可以把死亡也变成一个精彩的过程，相反坏运更利于你去创造精彩的过程。于是绝境溃败了，它必然溃败。你立于目的的绝境却实现着、欣赏着、饱尝着过程的精彩，你便把绝境送上了绝境。梦想使你迷醉，距离就成了欢乐；追求使你充实，失败和成功都是伴奏；当生命以美的形式证明其价值的时候，幸福是享受，痛苦也是享受。现在你说你是一个幸福的人你想你会说得多么自信，现在你对一切神灵鬼怪说谢谢你们给我的好运，你看看谁还能说不。

过程！对，生命的意义就在于你能创造这过程的美好与精彩，生命的价值就在于你能够镇静而又激动地欣赏这过程的美丽与悲壮。但是，除非你看到了目的的虚无你才能够进入这审美的境地，除非你看到了目的的绝望你才能找到这审美的救助。但这虚无与绝望难道不会使你痛苦吗？是的，除非你为此痛苦，除非这痛苦足够大，大得不可消灭大得不可动摇，除非这样你才能甘心从目的转向过程，从对目的的焦虑转向对过程的关注，除非这样的痛苦与你同在，永远与你同在，你才能够永远欣赏到人类的步伐和舞姿，赞美着生命的呼喊与歌唱，从不屈获得骄傲，从苦难提取幸福，从虚无中创造意义，直到死神和天使一起来接你回去，你依然没有玩够，但你却不惊慌，你知道过程怎么能有个完呢？过程在到处继续，在人间、在天堂、在地狱，过程都是上帝的巧妙设计。

但是我们的设计呢？我们的设计是成功了呢还是失败了？如果为了使你幸福，我们不仅得给你小痛苦，还得给你大痛苦，不仅得给你一时的痛苦，还得给你永远的痛苦，我们到底帮了你什么忙呢？如果这就算好运，我，比如说我——我的名字叫史铁生，这个叫史铁生的人又有什么必要弄这么一份"好运设计"呢？也许我现在就是命运的宠儿？也许我的太多的遗憾正是很有分寸的遗憾？上帝让我终生截瘫就是为了让我从目的转向过程，所以有那么一天我终于要写一篇题为《好运设计》的散文，并且顺理成章地推出了我的好运？多谢多谢。可我不，可我不！我真是想来世别再有那么多遗憾，至少今生能做做好梦！

我看出来了——我又走回来了，又走到本文的开头去了。我看出来了，如果我再从头开始设计我必然还是要得到这样一个结尾。我看出来了，我们的设计只能就这样了。我不知道怎么办了，不知道还能怎么办。上帝爱我！——我们的设计只剩这一句话了，也许从来就只有这一句话吧。

1990 年 2 月 27 日

我的幼儿园

五岁，或者六岁，我上了幼儿园。有一天母亲跟奶奶说："这孩子还是得上幼儿园，要不将来上小学会不适应。"说罢她就跑出去打听，看看哪个幼儿园还招生。用奶奶的话说，她从来就这样，想起一出是一出。很快母亲就打听到了一所幼儿园，刚开办不久，离家也近。母亲跟奶奶说时，有句话让我纳闷儿：那是两个老姑娘办的。

母亲带我去报名时天色已晚，幼儿园的大门已闭。母亲敲门时，我从门缝朝里望：一个安静的院子，某一处屋檐下放着两只崭新的木马。两只木马令我心花怒放。母亲问我："想不想来？"我坚定地点头。开门的是个老太太，她把我们引进一间小屋，小屋里还有一个老太太正在做晚饭。小屋里除两张床之外只放得下一张桌子和一个火炉。母亲让我管胖些并且戴眼镜的那个叫孙老师，管另一个瘦些的叫苏老师。

我很久都弄不懂，为什么单要把这两个老太太叫老姑娘？我问母亲："奶奶为什么不是老姑娘？"母亲说："没结过婚的女人才是老姑娘，奶奶结过婚。"可我心里并不接受这样的解释。结婚嘛，不过发几块糖给众人吃吃，就能有什么特别的作用吗？在我想来，女人年轻时都是姑娘，老了就都是老太太，怎么会有"老姑娘"这不伦不类的称呼？我又问母亲："你给大伙儿买过糖了吗？"母亲说："为什么？我为什么要给大伙儿买糖？""那你结过婚吗？"母亲大笑，揪揪我的耳朵："我没结过婚就敢有你了吗？"我越糊涂了，怎么又扯上我了呢？

这幼儿园远不如我的期待。四间北屋甚至还住着一户人家，是房东。南屋空着。只东西两面是教室，教室里除去一块黑板连桌椅也没有，孩子们每天来时都要自带小板凳。小板凳高高低低，二十几个孩子也是高高低低，大的七岁，小的三岁。上课时大的喊小的哭，老师呵斥了这个哄那个，基本乱套。上课则永远是讲故事。"上回讲到哪儿啦？"孩子们齐声回答："大——灰——狼——要——吃——小——山——羊——啦！"通常此刻必有人举手，憋不住尿了，或者其实已经尿完。一个故事断断续续要讲上好几天。"上回讲到哪儿啦？""不——听——话——的——小——山——羊——被——吃——掉——啦！"

下了课一窝蜂都去抢那两只木马，你推我搡，没有谁能真正骑上去。大些的孩子于是发明出另一种游戏，"骑马打仗"：一个背上一个，冲呀杀呀喊声震天，人仰马翻者为败。两个老太太——还是按我的理解叫她们吧——心惊胆战满院子里追着喊："不兴这样，可不兴这样啊，看摔坏了！看把刘奶奶的花踩了！"刘奶奶，即房东，想不懂她怎么能容忍在自家院子里办幼儿园。但"骑马打仗"正是热火朝天，这边战火方歇，那边烽烟又起。这本来很好玩，可不知怎么一来，又有了惩罚战俘的规则。落马者仅被视为败军之将岂不太便宜了？所以还要被敲脑崩儿，或者连人带马归顺敌方。这样就又有了叛徒，以及对叛徒的更为严厉的惩罚。叛徒一旦被捉回，就由两个人押着，倒背双手"游街示众"，一路被人揪头发、拧耳朵。天知道为什么这惩罚竟至比"骑马打仗"本身更具诱惑了，到后来，无需"骑马打仗"，直接就玩起这惩罚的游戏。可谁是被惩罚者呢？便涌现出一两个头领，由他们说了算，他们说谁是叛徒谁就是叛徒，谁是叛徒谁当然就要受到惩罚。于是，人性，在那时就已暴露：为了免遭惩罚，大家纷纷去效忠那一两个头领，阿谀，谄媚，唯比成年人来得直率。可是！可是这游戏要玩下去总是得有被惩罚者呀。可怕的日子终于到了。可怕的日子就像增长着的年龄一样，必然来临。

做叛徒要比做俘虏可怕多了。俘虏尚可表现忠勇，希望未来；叛徒则是彻底无望，忽然间大家都把你抛弃了。五岁或者六岁，我已经见到了人间这一种最无助的处境。这时你唯一的祈祷就是那两个老太太快来吧，快来结束这荒唐的游戏吧。但你终会发现，这惩罚并不随着她们的制止而结束，这惩罚扩散进所有的时间，扩散到所有孩子的脸上和心里。轻轻的然而是严酷的拒斥，像一种季风，细密无声从白昼吹入夜梦，无从逃脱，无处诉告，且不知其由来，直到它忽然转向，如同莫测的天气，莫测的命运，忽然放开你，掉头去捉弄另一个孩子。

我不再想去幼儿园。我害怕早晨，盼望傍晚。我开始装病，开始想尽办法留在家里跟着奶奶，想出种种理由不去幼儿园。直到现在，我一看见那些哭喊着不要去幼儿园的孩子，心里就发抖，设想他们的幼儿园里也有那样可怕的游戏，响晴白日也觉有鬼魅徘徊。

幼儿园实在没给我留下什么美好印象。倒是那两个老太太一直在我的记忆里，一个胖些，一个瘦些，都那么慈祥，都那么忙碌、慌张。她们怕哪个孩子摔了碰了，怕弄坏了房东刘奶奶的花，总是吊着一颗心。但除了这样的怕，我总觉得，在她们心底，在不易觉察的慌张后面，还有另外的怕。另外的怕是什么呢？说不清，但一定更沉重。

长大以后我有时猜想她们的身世。她们可能是表姐妹，也可能只是自幼的好友。她们一定都受过良好的教育——她们都弹得一手好风琴，似可证明。我刚到那幼儿园的时候，就总听她们向孩子们许愿："咱们就要买一架风琴了，幼儿园很快就会有一架风琴了，慢慢儿地幼儿园还会添置很多玩具呢，小朋友们高不高兴呀？""高——兴！"就在我离开那儿之前不久，风琴果然买回来了。两个老太太视之如珍宝，把它轻轻抬进院门，把它上上下下擦得锃亮，把它安放在教室中最醒目的地方，孩子们围在四周屏住呼吸，然后苏老师和孙老师互相推让，然后孩子们等不及了开始喊喊嚓嚓地乱说，然后孙老师在风琴前庄重地坐下，孩子们的包围圈越收越紧，然后琴声响了孩子们欢呼起来，苏老师微笑着举起一个手指："嘘——嘘——"满屋子里就又都静下来，孩子们忍住惊叹可是忍不住眼睛里的激动……那天不再讲故事，光是听苏老师和孙老师轮流着弹琴，唱歌。那时我才发觉她们与一般的老太太确有不同，脸上的每一条皱纹里都涌现着天真。那琴声我现在还能听见。现在，每遇天真纯洁的事物，那琴声便似一缕缕飘来，在我眼前，在我心里，幻现出一片阳光，像那琴键一样地跳动。我想她们必是生长在一个很有文化的家庭。我想她们的父母一定温文尔雅善解人意。她们就在那样的琴声中长大，虽偶有轻风细雨，但总归晴天朗照。这样的女人，年轻时不可能不对爱情抱着神圣的期待，甚至难免极端，不入时俗。她们窃窃描画未来，相互说些脸红心跳的话。所谓未来，主要是一个即将不知从哪儿向她们走来的男人。这个人已在书中显露端倪，在装帧精良的文学名著里面若隐若现。不会是言情小说中的公子哥。可能会是，比如说托尔斯泰笔下的人物，但绝不是渥伦斯基或卡列宁一类。然而，对未来的描画总不能清晰，不断地描画年复一年耗损着她们的青春。用"革命人民"的话说：她们真正是"小布尔乔亚"之极，在那风起云涌的年代里做着与世隔绝的小资产阶级温情梦。大概会是这样。也许就是这样。假定是这样吧，但是忽然！忽然间社会天翻地覆地变化了。那变化具体是怎样侵扰到她们的生活的，很难想象，但估计也不会有什么过于特别的地方，像所有衰败的中产阶级家庭一样，小姐们唯惊恐万状、睁大了眼睛发现必须要过另一种日子了。颠沛流离，投亲靠友，节衣缩食，随波逐流，像在失去了方向的大海上体会着沉浮与炎凉……然后，有一天时局似乎稳定了，不过未来明显已不能再像以往那样任性地描画。以往的描画如同一叠精心保存的旧钞，虽已无用，但一时还舍不得扔掉，独身主义大约就是在那时从无奈走向了坚定。她们都还收藏着一点儿值钱的东西，但全部集中起来也并不很多，算来算去也算不出什么万全之策，唯知未来的生活全系于此。就这样，现实的严峻联合起往日的浪漫，终于灵机一动：办一所幼儿园吧。天真烂漫的孩子就是鼓舞，就是信心和欢乐。幼儿园吗？对，幼儿园！与世无争，安贫乐命，倾余生之全力浇灌并不属于我们的未来，是吗？两个老姑娘仿佛终于找回了家园，云遮雾障半个多世纪，她们终于听见了命运慷慨的应许。然后她们租了一处房子，简单粉刷一下，买了两块黑板和一对木马，其余的东西都等以后再说吧，当然是钱的问题……

小学快毕业的时候，我回那幼儿园去看过一回。果然，转椅、滑梯、攀登架都有了，教室里桌椅齐备，孩子也比以前多出几倍。房东刘奶奶家已经迁走。一个年轻女老师在北屋的廊下弹着风琴，孩子们在院子里随着琴声排练节目。一间南屋改作厨房，孩子们可以在幼儿园用餐了。那个年轻女老师问我："你找谁？"我说："苏老师和孙老师呢？""她们呀？已经退休了。"我回家告诉母亲，母亲说哪是什么退休呀，是她们的出身和阶级成分不适合教育工作。后来"文革"开始了，又听说她们都被遣送回原籍。

"文革"进行到无可奈何之时，有一天我在街上碰见孙老师。她的头发有些乱，直着眼睛走路，仍然匆忙、慌张。我叫了她一声，她站住，茫然地看我。我说出我的名字："您不记得我了？"她脸上死了一样，好半天，忽然活过来："啊，是你呀，哎呀哎呀，那回可真是把你给冤枉了呀。"我故作惊讶状："冤枉了？我？"其实我已经知道她指的是什么。"可事后你就不来了。苏老师跟我说，这可真是把那孩子的心伤重了吧？"

　　那是我临上小学前不久的事。在东屋教室门前，一群孩子往里冲，另一群孩子顶住门不让进，并不为什么，只是一种游戏。我在要冲进来的一群中，使劲推门，忽然门缝把我的手指压住了，疼极之下我用力一脚把门踹开，不料把一个女孩儿撞得仰面朝天。女孩儿鼻子流血，头上起了个包，不停地哭。苏老师过来哄她，同时罚我的站。我站在窗前看别的孩子们上课，心里委屈，就用蜡笔在糊了白纸的窗棂上乱画，画一个老太太，在旁边注明一个"苏"字。待苏老师发现时，雪白的窗棂已布满一个个老太太和一个个"苏"。苏老师颤抖着嘴唇，只说得出一句话："那可是我和孙老师俩糊了好几天的呀……"此后我就告别了幼儿园，理由是马上就要上小学了，其实呢，我是不敢再见那窗棂。

　　孙老师并没有太大变化，唯头发白了些，往日的慈祥也都并入慌张。我问："苏老师呢，她好吗？"孙老师抬眼看我的头顶，揣测我的年龄，然后以对一个成年人的语气轻声对我说："我们都结了婚，各人忙各人的家呢。"我以为以我的年龄不合适再问下去，但从此心里常想，那会是怎样的男人和怎样的家呢？譬如说，与她们早年的期待是否相符？与那阳光似的琴声能否和谐？

二姥姥

　　由于幼儿园里的那两个老太太，我总想起另一个女人。不不，她们之间从无来往，她与孙老师和苏老师素不相识。但是在我的印象里，她总是与她们一起出现，仿佛彼此的影子。

　　这女人，我管她叫"二姥姥"。不知怎么，我一直想写写她。

　　可是，真要写了，才发现，关于二姥姥我其实知道的很少。她不过在我的童年中一闪而过。我甚至不知道她的名字，母亲在世时我应该问过，但早已忘记。母亲去世后，那个名字就永远地熄灭了：那个名字之下的历史，那个名字之下的愿望，都已消散得无影无踪，如同从不存在。我问过父亲："我叫二姥姥的那个人，叫什么名字？"父亲想了又想，眼睛盯在半空，总好像马上就要找到了，但终于还是没有。我又问舅舅，舅舅忘得同样彻底，唯影影绰绰地听说过，她死于"文革"期间。舅舅惊讶地看着我："你还能记得她？"

　　这确实有些奇怪。我与她见面，总共也不会超过十次。我甚至记不得她跟我说过什么，记不得她的声音。她是无声的，黑白的，像一道影子。她穿一件素色旗袍，从幽暗中走出来，迈过一道斜阳，走近我，然后摸摸我的头，理一理我的头发，纤细的手指在我的发间穿插，轻轻地颤抖。仅此而已，其余都已经模糊。直到现在，直到我真要写她了，其实我还不清楚为什么要写她，以及写她的什么。

她不会记得我。我是说，如果她还活着，她肯定也早就把我的名字忘了。但她一定会记得我的母亲。她还可能会记得，我的母亲那时已经有了一个男孩。

母亲带我去看二姥姥，肯定都是我六岁以前的事，或者更早，因为上幼儿园之后我就再没见过她。她很漂亮吗？算不上很，但还是漂亮，举止娴静，从头到脚一尘不染。她住在北京的哪儿我也记不得了，印象里是个简陋的小院，简陋但是清静，什么地方有棵石榴树，飘落着鲜红的花瓣，她住在院子拐角处的一间小屋。唯近傍晚，阳光才艰难地转进那间小屋，投下一道浅淡的斜阳。她就从那斜阳后面的幽暗中出来，迎着我们。母亲于是说："叫二姥姥，叫呀？"我叫："二姥姥。"她便走到我跟前，摸摸我的头。我看不到她的脸，但我知道她脸上是微笑，微笑后面是惶恐。那惶恐并不是因为我们的到来，从她手上冰凉而沉缓的颤抖中我明白，那惶恐是在更为深隐的地方，或是由于更为悠远的领域。那种颤抖，精致到不能用理智去分辨，唯凭孩子混沌的心可以洞察。

也许，就是这颤抖，让我记住她。也许，关于她，我能够写的也只有这颤抖。这颤抖是一种诉说，如同一个寓言可以伸展进所有幽深的地方，出其不意地令人震撼。这颤抖是一种最为辽阔的声音，譬如夜的流动，毫不停歇。这颤抖，随时间之流拓开着一个孩子混沌的心灵，连接起别人的故事，缠绕进丰富的历史，漫漶成种种可能的命运。恐怕就是这样。所以我记住她。未来，在很多令人颤抖的命运旁边，她的影像总是出现，仿佛由众多无声的灵魂所凝聚，由所有被湮灭的心愿所举荐。于是那纤细的手指历经沧桑总在我的发间穿插、颤动，问我这世间的故事都是什么，故事里面都有谁？

二姥姥比母亲大不了几岁。她叫母亲时，叫名字。母亲从不叫她，什么也不叫，说话就说话，避开称谓。母亲不停地跟她说这说那，她简单地应答。母亲走来走去搅乱着那道斜阳，二姥姥仿佛静止在幽暗里，素色的旗袍与幽暗浑成一体，唯苍白的脸表明她在。一动一静，我以此来分辨她们俩。母亲或向她讨教裁剪的技巧，把一块布料在身上比来比去，或在许多彩色的丝线中挑拣，在她的指点下绣花、绣枕头和手帕。有时候她们像在讲什么秘密，目光警惕着我，我走近时母亲的声音就小下去。

好像只有这些。对于二姥姥，我能够描述的就只有这些。她的内心，除了母亲，不大可能还有另外的人知道。但母亲，曾经并不对谁说。

很多年中，我从未想过二姥姥是谁，是我们家的怎样一门亲戚。有一天，毫无缘由地（也可能是我想到，有好几年母亲没带我去看二姥姥了），我忽然问母亲："二姥姥，她是你的什么人？"母亲似乎猝不及防，一时嗫嚅。我和母亲的目光在离母亲更近的地方碰了一下，我于是看出，我问中了一件非同寻常的事。母亲于是也明白，有些事，不能再躲藏了。

"啊，她是……嗯……"

我不说话，不打断她。

"是你姥爷的……姨太太。你知道，过去……这样的事是有的。"

我和母亲的目光又轻轻地碰了一下，这一回是在离我更近的地方。唔，这就是母亲不再带我去看她的原因吧。

"现在，她呢？"我问。

"不知道。"母亲轻轻地摇头，叹气。

"也许她不愿意我们再去看她，"母亲说，"不过这也好。"

母亲又说："她应该嫁人了。"

我听不出"应该"二字是指必要，还是指可能。我听不出母亲这句话是宽慰还是忧虑。

"文革"中的一天，母亲从外面回来，对父亲说她在公共汽车上好像看见了二姥姥。

"你肯定没看错？"母亲不回答。母亲洗菜，做饭，不时停下来呆想，说："是她，没错儿是她。她肯定也看见我了，可她躲开了。"

父亲沉吟了一会儿，安慰母亲："她是好意，怕连累咱们。"

母亲叹息道："唉，到底谁连累谁呢……"

那么就是说，这之后不久二姥姥就死了。

一个人形空白

我没见过我应该叫他"姥爷"的那个人。他死于我出生前的一次"镇反"之中。

小时候我偶尔听见他，听见"姥爷"这个词，觉得这个词后面相应地应该有一个人。"他在哪儿？""他已经死了。"这个词于是相应地有了一个人形的空白。时至今日，这空白中仍填画不出具体的音容举止。因此我听说他就像听说非洲，就像听说海底或宇宙黑洞，甚至就像听说死；他只是一个概念，一团无从接近的虚缈的飘动。

但这虚缈并不是无。就像风，风是什么样子？是树的摇动，云的变幻，帽子被刮跑了，或者眼睛让尘沙迷住……因而，姥爷一直都在。任何事物都因言说而在，不过言说也可以是沉默。那人形的空白中常常就是母亲的沉默，是她躲闪的目光和言谈中的警惕，是奶奶救援似的打岔，或者无奈中父亲的谎言。那人形的空白里必定藏着危险，否则为什么它一出现大家就都变得犹豫、沉闷，甚至惊慌？那危险，莫名但是确凿，童年也已感到了它的威胁，所以我从不多问，听凭童年在那样一种风中长大成中国人的成熟。

但当有一天，母亲郑重地对我讲了姥爷的事，那风还是显得突然与猛烈。

那是我刚刚迈进十五岁的时候，早春的一个午后，母亲说："太阳多好呀，咱们干吗不出去走走？有件事我想得跟你说了。"母亲这么说的时候我已经猜到，那危险终于要露面了。满天的杨花垂垂挂挂，随风摇荡，果然，在那明媚的阳光中传来了那一声枪响。那枪声沉闷之极。整个谈话的过程中，"姥爷"一词从不出现，母亲只说"他"，不用解释我听得懂那是指谁。我不问，只是听。或者其实连听也没听，那枪声隐匿多年终于传进这个下午，懵懵懂懂我知道了童年已不可挽留。童年，在这一时刻漂流进一种叫作"历史"的东西里去了，永不复返。

母亲艰难地讲着，我唯默默地走路。母亲一定大感意外：这孩子怎么会这么镇静？我知道她必是这样想，她的目光在我脸上小心地摸索。我们走过几里长的郊区公路，车马稀疏，人声遥远，漫天都是杨花，满地都是杨花的尸体。那时候别的花都还没开，田野一片旷然。

随后的若干年里，这个人，偶尔从亲戚们谨慎的叹息之中跳出来，在那空白里幽灵似的闪现，犹犹豫豫期期艾艾，更加云遮雾罩面目难清——

"他死的时候还不到五十岁吧？别说他没想到，老家的人谁也没想到……"

"那年他让日本人抓了去，打得死去活来，这下大伙儿才知道他是个抗日的呀……"

"后来听说有人把他救了出去。没人知道去了哪儿。日本投降那年，有人说又看见他了，说他领着队伍进了城。我们跑到街上去看，可不是吗？他骑着高头大马跟几个军官走在队伍前头……"

"老人们早都说过，从小就看他是个人才，上学的时候门门儿功课都第一……可惜啦，他参加的是国民党，这国民党可把他给害了……"

"这个人呀，那可真叫是先知先觉！听说过他在村儿里办幼儿园的事吗？自己筹款弄了几间房，办幼儿园，办夜校，挨家挨户去请人家来上课，孩子们都去学唱歌，大人都得去识字，我还让他叫去给夜校讲过课呢……"

"有个算命的说过，这人就是忒能了，刚愎自用，惹下好些人，就怕日后要遭小人算计……"

"快解放时他的大儿子从外头回来，劝他快走，先到别的地方躲躲，躲过这阵子再说，他不听嘛……他说我又没贪赃枉法欺压百姓，共产党顺天意得民心那好嘛，我让位就是，可是你们记住，谁来了我也不跑。我为什么要跑？"

"后来其实没他什么事了，他去了北京，想着是弃政从商踏踏实实做生意去。可是，据说是他当年的一个属下，给他编造了好些个没影儿的事。唉，做人呀，什么时候也不能太得罪了人……"

"其实，只要躲过了那几天，他不会有什么大事，怎么说也不能有死罪……直到大祸临头他也没想到过他能有死罪……抓他的时候他说：行啊，我有什么罪就服什么刑去。"

　　…………

这里面必定隐匿着一个故事，悲惨的，或者竟是滑稽的故事。但我没有兴致去考证。我不想去调查、去搜集他的行迹。从小我就不敢问这个故事，现在还是不敢——不敢让它成为一个故事。故事有时候是必要的，有时候让人怀疑。故事难免为故事的要求所迫：动人心弦，感人泪下，起伏跌宕，总之它要的是引人入胜。结果呢，它仅仅是一个故事了。一些人真实的困苦变成了另一些人编织的愉快，一个时代的绝望与祈告，变成了另一个时代的潇洒的文字调遣，不能说这不正当，但其间总似拉开着一个巨大的空当，从中走漏了更要紧的东西。

不是更要紧的情节，也不是更要紧的道理，是更要紧的心情。

因此，不敢问，是这个隐匿的故事的要点。

"姥爷"这个词，留下来的不是故事，而是一个隐匿的故事，是我从童年到少年一直到青年的所有惧怕。我记得我从小就蹲在那片虚渺、飘动的人形空白下面，不敢抬头张望。所有童年的游戏里面都有它的阴影，所有的睡梦里都有它的嚣叫。我记得我一懂事便走在它的恐怖之中，所有少年的期待里面都有它在闪动，所有的憧憬之中都有它黑色的翅膀在扑打。阳光里总似潜伏着凄哀，晚风中总似飘荡着它的沉郁，飘荡着姥姥的心惊胆战，母亲的噤若寒蝉，奶奶和父亲的顾左右而言他，二姥姥不知所归的颤抖，乃至幼儿园里那两个老太太的慌张……因此，我不敢让它成为一个故事。我怕它一旦成为故事就永远只是一个故事了。而那片虚渺的飘动未必是要求着一个具体的形象，未必是要求着情节，多么悲惨和荒诞的情节都不会有什么新意，它在要求祈祷。多少代人的迷茫与寻觅，仇恨与歧途，年轻与衰老，最终所能要求的都是：祈祷。

有一年我从电视中看见，一个懂得忏悔的人，走到被纳粹杀害的犹太人墓前，双腿下跪，我于是知道忏悔不应当只是一代人的心情。有一年，我又从电视中看见，一个懂得祈祷的人走到"二战"德国阵亡士兵的墓前默立哀悼，我于是看见了祈祷的全部方向。

姥姥给我留下的记忆很少。姥姥不识字，脚比奶奶的还要小，她一直住在乡下，住在涿州老家。我小的时候母亲偶尔把她接来，她来了便盘腿坐在床上，整天整天地纳鞋底，上鞋帮，缝棉衣和棉被，一边重复着机械的动作一边给我讲些妖魔鬼怪的故事。母亲听见她讲那些故事，便来制止："哎呀，别老讲那些迷信的玩意儿行不行？"姥姥惭愧地笑笑，然后郑重地对我说，"你妈说得对，要好好念书，念好书将来做大官。"母亲哭笑不得："哎呀哎呀，我这么说了吗？"姥姥再次抱歉地笑，抬头看四周，看玻璃上的夕阳，看院子里满树盛开的海棠花，再低下头去看手中的针线，把笑和笑中的迷茫都咽回肚里去……

现在我常想，姥姥知不知道二姥姥的存在呢？照理说她应该知道，可在我的记忆里她对此好像没有任何态度，笑骂也无，恨怨也无。也许这正是她的德性，或者正是她的无奈。姥姥的婚姻完全由父母包办，姥爷对她真正是一个空白的人形：她见到姥爷之前姥爷是个不确定的人形；见到姥爷之后，那人形已不可更改。那个空白的人形，有二姥姥可以使之嬉笑怒骂声色俱全。姥姥呢，她的快乐和盼望在哪儿？针针线线她从一个小姑娘长成了女人，吹吹打打那个人形来了，张灯结彩他们拜了堂成了亲，那个人形把她娶下并使她生养了几个孩子，然后呢，却连那人形也不常见，依然是针针线线度着时光。也不知道那人形在外面都干了些什么，忽然一声枪响，她一向空白的世界里唯活生生地跳出了恐怖和屈辱，至死难逃……

母亲呢，则因此没上成大学。那声枪响之后母亲生下了我，其时父亲大学尚未毕业，为了生计母亲去读了一个会计速成学校。母亲的愿望其实很多。我双腿瘫痪后悄悄地学写作，母亲知道了，跟我说，她年轻时的理想也是写作。这样说时，我见她脸上的笑与姥姥当年的一模一样，也是那样惭愧地张望四周，看窗上的夕阳，看院中的老海棠树。但老海棠树已经枯死，枝干上爬满豆蔓，开着单薄的豆花。

母亲说，她中学时的作文总是被老师当作范文给全班同学朗读。母亲说，班上还有个作文写得好的，是个男同学。"前些天咱们看的那个电影，编剧可能就是他。""可能？为什么？""反正那编剧的姓名跟他一字不差。"有一天家里来了个客人，偏巧认识那个编剧，母亲便细细询问：性别、年龄、民族，都对；身材相貌也不与当年那个少年可能的发展相悖。母亲就又急慌慌地问："他的老家呢，是不是涿州？"这一回客人含笑摇头。母亲说："那您有机会给问问……"我喊起来："问什么问！"母亲的意思是想给我找个老师，我的意思是滚他妈的什么老师吧！——那时我刚坐进轮椅，一副受压迫者的病态心理。

有一年作协开会，我从"与会作家名录"上知道了那个人的籍贯：河北涿州。其时母亲已经去世。忽然一个念头撞进我心里：母亲单是想给我找个老师吗？

母亲漂亮，且天性浪漫，那声枪响之后她的很多梦想都随之消散了。然而那枪声却一直都不消散。"文化大革命"如火如荼之时，有一天我去找她，办公室里只她一个人在埋头扒拉算盘。"怎么就您一个？""都去造反了。""不让您去？""别瞎说，是我自己要干的。有人抓革命，也得有人促生产呀？"很久以后我才听懂，这是那声枪响磨砺出的明智——凭母亲的出身，万勿沾惹政治才是平安之策。那天我跟母亲说我要走了，大串联去。"去哪儿？""全国，管他哪儿。"我满腔豪情满怀诗意。母亲给了我十五块钱——十块整的一针一线给我缝在内衣上，五块零钱（一个两元、两个一元和十张一角的）分放在外衣的几个衣兜里。"那我就走了，"我说。母亲抓住我，看着我的眼睛："有些事，我是说咱自己家里的事，懂吗？不一定要跟别人说。"我点点头，豪情和诗意随之消散大半。母亲仍不放手："记住，跟谁也别说，跟你最要好的同学也别说。倒不是要隐瞒什么，只不过……只不过是没那个必要……"

又过了很多年，有人从老家带来一份县志，上面竟有几篇对姥爷的颂扬文字，使那空白的人形有了一点儿确定的形象。文中说到他的抗日功劳，说到他的教育成就，余者不提。那时姥姥和母亲早都不在人间，奶奶和父亲也已去世。那时，大舅从几十年杳无音信之中忽然回来，一头白发，满面沧桑。大舅捧着那县志，半天不说话，唯手和脸簌簌地抖。

叛逆者

　　姥爷还在国民党中做官的时候，大舅已离家出走参加了解放军。不过我猜想，这父子俩除去主义不同，政见各异，彼此肯定是看重的。所以我从未听说过姥爷对大舅的叛逆有多么愤怒。所以，解放前夕大舅也曾跑回老家，劝姥爷出去避一避风头。

　　姥爷死后，大舅再没回过老家。我记得姥姥坐在床上纳鞋底时常常念叨他，夸他聪明，英俊，性情仁义。母亲也是这样说。母亲说，她和大舅从小就最谈得来。

　　四五岁时我见过一次大舅。有一天我正在院子里玩，院门外大步流星走来了一个青年军官。他走到我跟前，弯下腰来仔细看我："嘿，你是谁呀？"现在我可以说，他那样子真可谓光彩照人，但当时我找不出这样的形容，唯被他的勃勃英气惊呆在那儿。呆愣了一会儿，我往屋里跑，身后响起他爽朗的大笑。母亲迎出门来，母亲看着他也愣了一会儿，然后就被他搂进臂弯，我记得那一刻母亲忽然变得像个小姑娘了……然后他们一起走进屋里……然后他送给母亲一个漂亮的皮包，米色的，真皮的，母亲喜欢得不得了，以后的几十年里只在最庄重的场合母亲才背上它……再然后是一个星期天，我们一起到中山公园去，在老柏树摇动的浓荫里，大舅和母亲没完没了地走呀，走呀，没完没了地说。我追在他们身后跑，满头大汗，又累又无聊。午饭时我坐在他俩中间，我听见他们在说姥姥，说老家，说着一些往事。最后，母亲说："你就不想回老家去看看？"母亲望着大舅，目光里有些严厉又有些凄哀。大舅不回答。大舅跟我说着笑话，对母亲的问题"哼哼咳咳"不置可否。我说过我记事早。我记得那天春风和煦，柳絮飞扬；我记得那顿午饭空前丰盛，从未见过的美味佳肴，我埋头大吃；我记得，我一直担心着那个空白的人形会闯进来危及这美妙时光，但还好，那天他们没有说起"他"。

那天以后大舅即告消失，几十年音信全无。

一年又一年，母亲越来越多地念起他："也不知道他现在在哪儿？"听得出，母亲已经不再那么怪他了。母亲说他做的是保密工作，研究武器的，身不由己。母亲偶尔回老家去从不带着我，想必也是怕我挨近那片危险——这不会不使她体谅了大舅。为了当年对大舅的严厉，想必母亲是有些后悔。"这么多年，他怎么也不给我来封信呢？"母亲为此黯然神伤。

大舅早年的离家出走，据说很有些逃婚的因素，他的婚姻也是由家里包办的。"我姥爷包办的？""不，是你太姥爷的意思。"大舅是长孙，他的婚事太姥爷要亲自安排，这关系到此一家族的辽阔土地能否有一个可靠的未来。这件事谁也别插嘴，姥爷也不行——别看你当着个破官；土地！懂吗？在太姥爷眼里那才是真东西。

太姥爷，一个典型的中国地主。中国的地主并非都像"黄世仁"。在我浅淡的记忆里，太姥爷须发全白，枯瘦，步履蹒跚，衣着破旧而且邋遢。因为那时他已是一无所有了吧？也不是。母亲说："他从来就那样，有几千亩地的时候也是那样。出门赶集，见路边的一泡牛粪他也要兜在衣襟里捡回来，抖落到自家地里。"他只看重一种东西：地。"周扒皮"那样的地主一定会让他笑话，你把长工都得罪了就不怕人家糟蹋你的地？就不怕你的地里长不出好庄稼？太姥爷比"周扒皮"有远见，对长工们从不怠慢。既不敢怠慢，又舍不得给人家吃好的，于是长工们吃什么他也就跟着一起吃什么，甚至长工们剩下的东西他也要再利用一遍，以自家之肠胃将其酿成自家地里的肥。"同吃同住同劳动"一类的倡导看来并不是什么新发明。太姥爷守望着他的地，盼望年年都能收获很多粮食。很多粮食卖出很多钱，很多钱再买下很多地，很多地里再长出很多粮食……如此循环再循环，到底为了什么他不问。他梦想着有更多的土地姓他的姓，但是为什么呢？天经地义，他从未想过这里面还会有个"为什么"。而他自己呢？最风光的时候，也不过一个坐在自己的土地中央的邋里邋遢的瘦老头。

这才是中国地主的典型形象吧。我的爷爷，太爷，老太爷，乃至老老太爷都是地主，据说无一例外莫不如此，一脑袋高粱花子，中着土地的魔。但再往上数，到老老老太爷，到老老老老……太爷，总归有一站曾经是穷人，穷得叮当响，从什么什么地方逃荒到了此地，然后如何如何克勤克俭，慢慢富足起来——这也是中国地主所常有的、牢记于心的家史。

不过，在我的记忆里，这瘦老头对我倒是格外亲切，我的要求他一概满足，我的一切非分之想他都容忍，甚至我的一蹦一跳都让他牵心挂肚。每逢年节，他从老家来北京看我（母亲说过，他主要是想看看我），带来乡下的土产，带来一些小饰物给我挂在脖子上，带来特意在城里买的点心，一点儿一点儿地掰着给我吃……他双臂颤巍巍地围拢我，不敢抱紧又不敢放松，好像一不留神我就会化作一缕青烟飞散。料必是因为他的长子已然夭折，他的长孙又远走他乡，而他的晚辈中我是唯一还不懂得与他划清界限的男人。而这个小男人，以其孩子特有的敏锐早已觉察到，他可以对这个老头颐指气使为所欲为。我在他怀中又踢又打胡作非为，要是母亲来制止，我只需加倍喊叫，母亲就只好躲到一边去忍气吞声。我要是高兴捋捋这老头的胡须，或漫不经心地叫他一声"太姥爷"，他便会眉开眼笑得到最大的满足。但是我不能满足他总想亲亲我的企图——他那么瘦，又那么邋遢。

大舅抗婚不成，便住到学校去不回家。暑假到了，不得不回家了，据说大舅回到家就一个人抱着铺盖睡到屋顶上去。我想姥爷一定是同情他的，但爱莫能助。我想大舅母一定只有悄然落泪，或许比她的婆婆多了一些觉醒，果真这样也就比她的婆婆更多了一层折磨。太姥爷呢，必定是大发雷霆。我想象不出，那样一个瘦老头何以会有如此威严，竟至姥爷和大舅也都只好俯首听命。大舅必定是忍无可忍，于是下决心离家出走，与这个封建之家一刀两断……

那大约已是四十年代中期的事，共产主义的烽火正以燎原之势遍及全国。

天下大同，那其实是人类最为悠久的梦想，唯于其时其地这梦想已不满足于仅仅是梦想，从祈祷变为实际（另一种说法是"由空想变成科学"），风展红旗如画，统一思想统一步伐奔向被许诺为必将实现的人间天堂。

四十多年过去，大舅回来了，出现在我面前的是一个白发驼背的老人。记得第一次见到他时他弯下腰来问我："嘿，你是谁？"那时我刚来到人间不久。现在轮到我问他了：你是谁？我确实在心里这样问着:你就是那个光彩照人的青年军官吗？我慢慢看他，寻找当年的踪影。但是，那个大步流星的大舅已随时间走失，换成一个步履迟缓的陌生人回来了。我们互相通报了身份，然后一起吃饭，喝茶，在陌生中寻找往日的亲情。我说起那个春天，说起在中山公园的那顿午餐，他睁大眼睛问我："那时有你吗？"我说："我跟在你们后头跑，只记得到处飘着柳絮，是哪一年可记不清了。"终于，不可避免地我们说到了母亲，大舅的泪水夺眶而出，泣不成声。他要我把母亲的照片拿给他，这愿望想必已在他心里存了很久，只不敢轻易触动。他捧着母亲的照片，对我的表妹说："看看姑姑有多漂亮，我没瞎说吧？"

这么多年他都在哪儿，都是怎么过来的？母亲若在世，一定是要这样问的。我想还是不问吧。他也只说了一句，但这一句却是我怎么也没料到的——"这些年，在外边，我尽受欺负了"。是呀是呀，真正是回家的感觉，但这里面必有很多为猜想所不及的、由分分秒秒所构筑的实际内容。

那四十多年，要是我愿意我是可以去问个究竟的，他现在住得离我并不太远。但我宁愿保留住猜想。这也许是因为，描摹实际并不是写作的根本期冀。

他早已退休，现在整天都在家里，从早到晚伺候着患老年痴呆症的舅母。还是当年的那个舅母，那个为他流泪多年的人。他离家时不过二十出头吧，走了很多年，走了很多地方，想必也走过了很多情感，很多的希望与失望都不知留在了哪儿，最后，就像命中注定，他还是回到了这个舅母身边。回来时两个人都已是暮年。回来时，舅母的神志已渐渐离开这个世界，执意越走越远，不再醒来。他守候在她身边，伺候她饮食起居，伺候她沐浴更衣，搀扶她去散步，但舅母呆滞的目光里再也没有春秋寒暑，再也没有忧喜悲欢，太阳在那儿升起又在那儿降落，那双眼睛看一切都是寻常，仿佛什么也不想再说。大舅昼夜伴其左右，寸步不离，她含混的言语只有他能听懂……

这或可写成一个感人泪下的浪漫故事。但只有在他们真确的心魂之外，才可能制作"感人"与"浪漫"。否则便不会浪漫。否则仍然没有浪漫，仍然是分分秒秒构筑的实际。而浪漫，或曾有过，但最终仍归于沉默。

我有一种希望，希望那四十多年中大舅曾经浪漫，曾经有过哪怕是短暂的浪漫时光。我希望那样的时光并未被时间磨尽，并未被现实湮灭，并未被"不可能"夺其美丽。我不知道是谁，曾使他夜不能寐，曾使他朝思暮想心醉神痴，使他接近过他离家出走时的向往，使那个风流倜傥的青年军官梦想成真，哪怕只在片刻之间……我希望他曾经这样，我希望不管现实如何或实际怎样，梦想，仍然还在这个人的心里，"不可能"唯消损着实际，并不能泯灭人的另一种存在。我愿意在舅母沉睡之时，他独自去拒马河寂静的长堤上漫步，心里不仅祈祷着现实，而因那美丽的浪漫并未死去，也祈祷着未来，祈祷着永远。

老 家

　　常要在各种表格上填写籍贯，有时候我写北京，有时候写河北涿州，完全即兴。写北京，因为我生在北京长在北京，大约死也不会死到别处去了。写涿州，则因为我从小被告知那是我的老家，我的父母及祖上若干辈人都曾在那儿生活。查词典，"籍贯"一词的解释是：祖居或个人出生地——我的即兴碰巧不错。

　　可是这个被称为老家的地方，我是直到四十六岁的春天才第一次见到它。此前只是不断地听见它。从奶奶的叹息中，从父母对它的思念和恐惧中，从姥姥和一些亲戚偶尔带来的消息里面，以及从对一条梦幻般的河流——拒马河——的想象之中，听见它。但从未见过它，连照片也没有。奶奶说，曾有过几张在老家的照片，可惜都在我懂事之前就销毁了。

　　四十六岁的春天，我去亲眼证实了它的存在；我跟父亲、伯父和叔叔一起，坐了几小时汽车到了老家。涿州——我有点儿不敢这样叫它。

涿州太具体，太实际，因而太陌生。而老家在我的印象里一向虚虚幻幻，更多的是一种情绪，一种声音，甚或一种光线一种气息，与一个实际的地点相距太远。我想我不妨就叫它Z州吧，一个非地理意义的所在更适合连接起一个延续了四十六年的传说。

然而它果真是一个实实在在的地方，有残断的城墙，有一对接近坍圮的古塔，市中心一堆蒿草丛生的黄土据说是当年钟鼓楼的遗址，当然也有崭新的酒店、餐馆、商厦，满街的人群，满街的阳光、尘土和叫卖。城区的格局与旧北京城近似，只是缩小些，简单些。中心大街的路口耸立着一座仿古牌楼（也许确凿是个古迹，唯因旅游事业而修葺一新），匾额上五个大字：天下第一州。中国的天下第一着实不少，这一回又不知是以什么为序。

我们几乎走遍了城中所有的街巷。父亲、伯父和叔叔一路指指点点感慨万千：这儿是什么，那儿是什么，此一家商号过去是什么样子，彼一座宅院曾经属于一户怎样的人家，某一座寺庙当年如何如何香火旺盛，庙会上卖风筝，卖兔爷，卖莲蓬，卖糖人儿、面茶、老豆腐……庙后那条小街曾经多么僻静呀，风传有鬼魅出没，天黑了一个人不敢去走……城北的大石桥呢？哦，还在还在，倒还是老样子，小时候上学放学他们天天都要从那桥上过，桥旁垂柳依依，桥下流水潺潺，当初可是Z州一处著名的景观啊……咱们的小学校呢？在哪儿？那座大楼吗？哎哎，真可是今非昔比啦……

我听见老家在慢慢地扩展，向着尘封的记忆深入，不断推新出陈。往日，像个昏睡的老人慢慢苏醒，唏嘘叹惋之间渐渐生气勃勃起来。历史因此令人怀疑。循着不同的情感，历史原来并不确定。

一路上我想，那么文学所求的真实是什么呢？历史难免是一部御制经典，文学要弥补它，所以看重的是那些沉默的心魂。历史惯以时间为序，勾画空间中的真实，艺术不满足这样的简化，所以去看这人间戏剧深处的复杂，在被普遍所遗漏的地方去询问独具的心流。我于是想起西川的诗：

> 我打开一本书／一个灵魂就苏醒／……／我阅读一个家族的预言／我看到的痛苦并不比痛苦更多／历史仅记录少数人的丰功伟绩／其他人说话汇合为沉默。

我的老家便是这样。Z州，一向都在沉默中。但沉默的深处悲欢俱在，无比生动。那是因为，沉默着的并不就是普遍，而独具的心流恰是被一个普遍读本简化成了沉默。

汽车缓缓行驶，接近史家旧居时，父亲、伯父和叔叔一声不响，唯睁大眼睛望着窗外。史家的旧宅错错落落几乎铺开一条街，但都久失修整，残破不堪。"这儿是六叔家。""这儿是二姑家。""这儿是七爷爷和七奶奶。""那边呢？噢，五舅曾在那儿住过。"……简短的低语，轻得像是怕惊动了什么，以致那一座座院落也似毫无生气，一片死寂。

汽车终于停下，停在了"我们家"的门口。

但他们都不下车，只坐在车里看，看斑驳的院门，看门两边的石墩，看屋檐上摇动的枯草，看屋脊上露出的树梢……伯父首先声明他不想进去："这样看看，我说就行了。"父亲于是附和："我说也是，看看就走吧。"我说："大老远来了，就为看看这房檐上的草吗？"伯父说："你知道这儿现在住的谁？""管他住的谁！""你知道人家会怎么想？人家要是问咱们来干吗，咱们怎么说？""胡汉三又回来了呗！"我说。他们笑笑，笑得依然谨慎。伯父和父亲执意留在汽车上，叔叔推着我进了院门。院子里没人，屋门也都锁着，两棵枣树尚未发芽，疙疙瘩瘩的枝条与屋檐碰撞发出轻响。叔叔指着两间耳房对我说："你爸和你妈，当年就在这两间屋里结的婚。""你看见的？""当然我看见的。那天史家的人去接你妈，我跟着去了。那时我十三四岁，你妈坐上花轿，我就跟在后头一路跑，直跑回家……"我仔细打量那两间老屋，心想，说不定，我就是从这儿进入人间的。

从那院子里出来，见父亲和伯父在街上来来回回地走，向一个个院门里望，紧张，又似抱着期待。街上没人，处处都安静得近乎怪诞。"走吗？""走吧。"虽是这样说，但他们仍四处张望。"要不就再歇会儿？""不啦，走吧。"这时候街的那边出现一个人，慢慢朝这边走。他们便都往路旁靠一靠，看着那个人，看他一步步走近，看他走过面前，又看着他一步步走远。不认识。这个人他们不认识。这个人太年轻了他们不可能认识，也许这个人的父亲或者爷爷他们认识。起风了，风吹动屋檐上的荒草，吹动屋檐下的三顶白发。已经走远的那个人还在回头张望，他必是想：这几个老人站在那儿等什么？

离开 Z 州城，仿佛离开了一个牵魂索命的地方，父亲和伯父都似吐了一口气：想见她，又怕见她。唉，Z 州啊！老家，只是为了这样的想念和这样的恐惧吗？

汽车断断续续地挨着拒马河走，气氛轻松些了。父亲说："顺着这条河走，就到你母亲的家了。"叔叔说："这条河也通着你奶奶的家。"伯父说："哎，你奶奶呀，一辈子就是羡慕别人能出去上学、读书。不是你奶奶一再坚持，我们几个能上得了大学？"几个人都点头，又都沉默。似乎这老家，永远是要为她沉默的。我在《奶奶的星星》里写过，我小时候，奶奶每晚都在灯下念着一本扫盲课本，总是把《国歌》一课中的"吼声"错念成"孔声"。我记得，奶奶总是羡慕母亲，说她赶上了新时代，又上过学，又能到外面去工作……

拒马河在太阳下面闪闪发光。他们说这河以前要宽阔得多，水也比现在深，浪也比现在大。他们说，以前，这一块平原差不多都靠着这条河。他们说，那时候，在河湾水浅的地方，随时你都能摸上一条大鲤鱼来。他们说，那时候这河里有的是鱼虾、螃蟹、莲藕、鸡头米，苇子长得比人高，密不透风，五月节包粽子，米泡好了再去劈粽叶也来得及……

母亲的家在Z州城外的张村。那村子真是大，汽车从村东到村西开了差不多一刻钟。拒马河从村边流过，我们挨近一座石桥停下。这情景让我想起小时候读过的一课书：拒马河，靠山坡，弯弯曲曲绕村过……

父亲说："就是这桥。"我们走上桥，父亲说："看看吧，那就是你母亲以前住过的房子。"

高高的土坡上，一排陈旧的瓦房，围了一圈简陋的黄土矮墙，夕阳下尤其显得寂寞，黯然，甚至颓唐。那矮墙，父亲说原先没有，原先可不是这样，原先是一道青砖的围墙，原先还有一座漂亮的门楼，门前有两棵老槐树，母亲经常就坐在那槐树下读书……

这回我们一起走进那院子。院子里堆着柴草，堆着木料、灰砂，大约这老房是想换换模样了。主人不在家，只一群鸡"咯咯"地叫。

叔叔说："就是这间屋。你爸就是从这儿把你妈娶走的。"

"真的？"

"问他呀。"

父亲避开我的目光，不说话，满脸通红，转身走开。我不敢再说什么。我知道那不是因为别的，是因为不能忘记的痛苦。母亲去世十年后的那个清明节，我和妹妹曾跟随父亲一起去给母亲扫墓，但是母亲的墓已经不见，那时父亲就是这样的表情，满脸通红，一言不发，东一头西一头地疾走，满山遍野地找寻着一棵红枫树，母亲就葬在那棵树旁。我曾写过：母亲离开得太突然，且只有四十九岁，那时我们三个都被这突来的噩运吓傻了，十年中谁也不敢提起母亲一个字，不敢说她，不敢想她，连她的照片也收起来不敢看……——一直到十年后，那个清明节，我们不约而同地说起该去看看母亲的坟了；不约而同——可见谁也没有忘记，一刻都没有忘记……

我看着母亲出嫁前住的那间小屋，不由得有一个问题：那时候我在哪儿？那时候是不是已经注定，四十多年之后她的儿子才会来看望这间小屋，来这儿想象母亲当年出嫁的情景？一九四八年，母亲十九岁，未来其实都已经写好了，站在我四十六岁的地方看，母亲的一生已在那一阵喜庆的唢呐声中一字一句地写好了，不可更改。那唢呐声，沿着时间，沿着阳光和季节，一路风尘雨雪，传到今天才听出它的哀婉和苍凉。可是，十九岁的母亲听见了什么？十九岁的新娘有着怎样的梦想？十九岁的少女走出这个院子的时候历史与她何干？她提着婚礼服的裙裾，走出屋门，有没有再看看这个院落？她小心或者急切地走出这间小屋，走过这条甬道，转过这个墙角，迈过这道门槛，然后驻足，抬眼望去，她看见了什么？啊，拒马河！拒马河上绿柳如烟，雾霭飘荡，未来就藏在那一片浩渺的苍茫之中……我循着母亲出嫁的路，走出院子，走向河岸，拒马河悲喜不惊，必像四十多年前一样，翻动着浪花，平稳浩荡奔其前程……

我坐在河边，想着母亲曾经就在这儿玩耍，就在这儿长大，也许她就攀过那棵树，也许她就戏过那片水，也许她就躺在这片草丛中想象未来，然后，她离开了这儿，走进了那个喧嚣的北京城，走进了一团说不清的历史。我转动轮椅，在河边慢慢走，想着：从那个坐在老槐树下读书的少女，到她的儿子终于来看望这座残破的宅院，这中间发生了多少事呀。我望着这条两端不见头的河，想：那顶花轿顺着这河岸走，锣鼓声渐渐远了，唢呐声或许伴母亲一路，那一段漫长的时间里她是怎样的心情？一个人，离开故土，离开童年和少年的梦境，大约都是一样——就像我去串联、去插队的时候一样，顾不上别的，单被前途的神秘所吸引，在那神秘中描画幸福与浪漫……

如今我常猜想母亲的感情经历。父亲憨厚老实到完全缺乏浪漫，母亲可是天生的多情多梦，她有没有过另外的想法？从那绿柳如烟的河岸上走来的第一个男人，是不是父亲？在那雾霭苍茫的河岸上执意不去的最后一个男人，是不是父亲？甚至，在那绵长的唢呐声中，有没有一个立于河岸一直眺望着母亲的花轿渐行渐杳的男人？还有，随后的若干年中，她对她的爱情是否满意？我所能做的唯一见证是：母亲对父亲的缺乏浪漫常常哭笑不得，甚至叹气连声，但这个男人的诚实、厚道，让她信赖终生。

母亲去世时，我坐在轮椅里连一条谋生的路也还没找到，妹妹才十三岁，父亲一个人担起了这个家。二十年，这二十年母亲在天国一定什么都看见了。二十年后一切都好了，那个冬天，一夜之间，父亲就离开了我们。他仿佛终于完成了母亲的托付，终于熬过了他不能不熬的痛苦、操劳和孤独，然后急着去找母亲了——既然她在这尘世间连坟墓都没有留下。

老家，Z州，张村，拒马河……这一片传说或这一片梦境，常让我想：倘那河岸上第一个走来的男人，或那河岸上执意不去的最后一个男人，都不是我的父亲，倘那个立于河岸一直眺望着母亲的花轿渐行渐杳的男人成了我的父亲，我还是我吗？当然，我只能是我，但却是另一个我了。这样看，我的由来是否过于偶然？任何人的由来是否都太偶然？都偶然，还有什么偶然可言？我必然是这一个。每个人都必然是这一个。所有的人都是一样，从老家久远的历史中抽取一个点，一条线索，作为开端。这开端，就像那绵绵不断的唢呐，难免会引出母亲一样的坎坷与苦难，但必须到达父亲一样的煎熬与责任，这正是命运要你接受的"想念与恐惧"吧。

八　子

　　童年的伙伴，最让我不能忘怀的是八子。

　　几十年来，不止一次，我在梦中又穿过那条细长的小巷去找八子。巷子窄到两个人不能并行，两侧高墙绵延，巷中只一户人家。过了那户人家，出了小巷东口，眼前豁然开朗，一片宽阔的空地上有一棵枯死了半边的老槐树，有一处公用的自来水，有一座山似的煤堆。八子家就在那儿。梦中我看见八子还在那片空地上疯跑，领一群孩子呐喊着向那山似的煤堆上冲锋，再从煤堆爬上院墙，爬上房顶，偷摘邻居院子里的桑椹。八子穿的还是他姐姐穿剩下的那条碎花裤子。

　　八子兄弟姐妹一共十个。一般情况，新衣裳总是一、三、五、七、九先穿，穿小了，由排双数的继承。老七是个姐，故继承一事常让八子烦恼。好在那时无论男女，衣装多是灰蓝二色，所以八子还能坦然。只那一条碎花裤子让他备感羞辱。那裤子紫地白花，七子一向珍爱还有点儿舍不得给，八子心说谢天谢地最好还是你自个儿留着穿。可是母亲不依，冲七子喊："你穿着小了，不八子穿谁穿？"七子、八子于是齐声叹气。八子把那裤子穿到学校，同学们都笑他，笑那是女人穿的，是娘们儿穿的，是"臭美妞才穿的呢"！八子羞愧得无地自容，以致蹲在地上用肥大的衣襟盖住双腿，半天不敢起来，光是笑。八子的笑毫无杂质，完全是承认的表情，完全是接受的态度，意思是：没错儿，换了别人我也会笑他的，可惜这回是我。

大伙儿笑一回也就完了，唯一个可怕的孩子不依不饶。（这孩子，姑且叫他K吧；我在《务虚笔记》里写过，他矮小枯瘦但所有的孩子都怕他。他有一种天赋本领，能够准确区分孩子们的性格强弱，并据此经常地给他们排一排座次——我第一跟谁好，第二跟谁好……以及我不跟谁好——于是，孩子们便都屈服在他的威势之下。）K平时最怵八子，八子身后有四个如狼似虎的哥：K因此常把八子排在"我第一跟你好"的位置。然而八子特立独行，对K的威势从不在意，对K的拉拢也不领情。如今想来，K一定是对八子记恨在心，但苦于无计可施。这下机会来了——因为那条花裤子，K敏觉到降服八子的时机到了。K最具这方面才能，看见谁的弱点立刻即知怎样利用。拉拢不成就要打击，K生来就懂。比如上体育课时，老师说："男生站左排，女生站右排。"K就喊"八子也站右排吧？"引得哄堂大笑，所有的目光一齐射向八子。再比如一群孩子正跟八子玩得火热，K踅步旁观，冷不丁拣其中最懦弱的一个说："你干吗不也穿条花裤子呀？"最懦弱的一个发一下蒙，便困窘地退到一旁。K再转向次懦弱的一个："嘿，你早就想跟臭美妞儿一块玩儿了是不是？"次懦弱的一个便也犹犹豫豫地离开了八子。我说过我生性懦弱，我不是那个最，就是那个次。我惶惶然离开八子，向K靠拢，心中竟跳出一个卑鄙的希望：也许，K因此可以把"跟我好"的位置往前排一排。

K就是这样孤立对手的，拉拢或打击，天生的本事，八子身后再有多少哥也是白搭。你甚至说不清道不白就已败在 K 的手下。八子所以不曾请他的哥哥们来帮忙，我想，未必是他没有过这念头，而是因为 K 的手段高超，甚至让你都不知何以申诉。你不得不佩服 K。你不得不承认那也是一种天才。那个矮小枯瘦的 K，当时才只有十一二岁！他如今在哪儿？这个我童年的惧怕，这个我一生的迷惑，如今在哪儿？时至今日我也还是弄不大懂，他那恶毒的能力是从哪儿来的？如今我已年过半百，所经之处仍然常能见到 K 的影子，所以我在《务虚笔记》中说过：那个可怕的孩子已经长大，长大得到处都在。

我投靠在 K 一边，心却追随着八子。所有的孩子也都一样，向 K 靠拢，但目光却羡慕地投向八子——八子仍在树上快乐地攀爬，在房顶上自由地蹦跳，在那片开阔的空地上风似的飞跑，独自玩得投入。我记得，这时 K 的脸上全是嫉恨，转而恼怒。终于他又喊了："花裤子！臭美妞！"怯懦的孩子们（我也是一个）于是跟着喊："花裤子！臭美妞！花裤子！臭美妞！"八子站在高高的煤堆上，脸上的羞惭已不那么纯粹，似乎也有了畏怯、疑虑，或是忧哀。

因为那条花裤子，我记得，八子也几乎被那个可怕的孩子打倒。

八子要求母亲把那条裤子染蓝。母亲说："染什么染？再穿一季，我就拿它做鞋底儿了。"八子说："这裤子还是让我姐穿吧。"母亲说："那你呢，光眼子？"八子说："我穿我六哥那条黑的。"母亲说："那你六哥呢？"八子说："您给他做条新的。"母亲说："嘿这孩子，什么时候挑起穿戴来了？边儿去！"

一个礼拜日，我避开 K，避开所有别的孩子，去找八子。我觉着有愧于八子。穿过那条细长的小巷，绕过那座山似的煤堆，站在那片空地上我喊："八子！八子——""谁呀？"不知八子在哪儿答应。"是我！

八子，你在哪儿呢？""抬头，这儿！"八子悠然地坐在房顶上，随即扔下来一把桑椹："吃吧，不算甜，好的这会儿都没了。"我暗自庆幸，看来他早把那些不愉快的事给忘了。

我说："你下来。"

八子说："干吗？"

是呀，干吗呢？灵机一动我说："看电影，去不去？"

八子回答得干脆："看个屁，没钱！"

我心里忽然一片光明。我想起我兜里正好有一毛钱。

"我有，够咱俩的。"

八子立刻猫似的从房顶上下来。我把一毛钱展开给他看。

"就一毛呀？"八子有些失望。

我说："今天礼拜日，说不定有儿童专场，五分一张。"

八子高兴起来："那得找张报纸瞅瞅。"

我说："那你想看什么？"

"我？随便。"但他忽然又有点儿犹豫，"这行吗？"意思是：花你的钱？

我说："这钱是我自己攒的，没人知道。"

走进他家院门时，八子又拽住我："可别跟我妈说，听见没有？"

"那你妈要是问呢？"

八子想了想："你就说是学校有事。"

"什么事？"

"你丫编一个不得了？你是中队长，我妈信你。"

好在他妈什么也没问。他妈和他哥、他姐都在案前埋头印花（即在空白的床单、桌布或枕套上印出各种花卉的轮廓，以便随后由别人补上花朵和枝叶）。我记得，除了八子和他的两个弟弟——九儿和石头，当然还有他父亲，他们全家都干这活儿，没早没晚地干，油彩染绿了每个人的手指，染绿了条案，甚至墙和地。

报纸也找到了，场次也选定了，可意外的事发生了。九儿首先看穿了我们的秘密。八子冲他挥挥拳头："滚！"可随后石头也明白了："什么，你们看电影去？我也去！"八子再向石头挥拳头，但已无力。石头说："我告妈去！"八子说："你告什么？""你花人家的钱！"八子垂头丧气。石头不好惹，石头是爹妈的心尖子，石头一哭，从一到九全有罪。

"可总共就一毛钱！"八子冲石头嚷。

"那不管，反正你去我也去。"石头抱住八子的腰。

"行，那就都甭去！"八子拉着我走开。

但是九儿和石头寸步不离。

八子说："我们上学校！"

九儿和石头说："我们也上学校。"

八子笑石头："你？是我们学校的吗你？"

石头说："是！妈说明年我也上你们学校。"

八子拉着我坐在路边。九儿拉着石头跟我们面对面坐下。

八子几乎是央求了："我们上学校真是有事！"

九儿说："谁知道你们有什么事？"

石头说："没事怎么了，就不能上学校？"

八子焦急地看着太阳。九儿和石头耐心地盯着八子。

看看时候不早了，八子说："行，一块儿去！"

我说："可我真的就一毛钱呀！"

"到那儿再说。"八子冲我使眼色，意思是：瞅机会把他们甩了还不容易？

横一条胡同，竖一条胡同，八子领着我们曲里拐弯地走。九儿说："别蒙我们八子，咱这是上哪儿呀？"八子说："去不去？不去你回家。"石头问我："你到底有几毛钱？"八子说："少废话，要不你甭去。"曲里拐弯，曲里拐弯，我看出我们绕了个圈子差不多又回来了。九儿站住了："我看不对，咱八成真是走错了。"八子不吭声，拉着石头一个劲儿往前走。石头说："咱抄近道走，是不是八子？"九儿说："近个屁，没准儿更远了。"八子忽然和蔼起来："九儿，知道这是哪儿吗？"九儿说："这不还是北新桥吗？"八子说："石头，从这儿，你知道怎么回家吗？"石头说："再往那边不就是你们学校了吗？我都去过好几回了。""行！"八子夸石头，并且胡噜胡噜他的头发。九儿说："八子，你想干吗？"八子吓了一跳，赶紧说："不干吗，考考你们。"这下八子放心了，若无其事地再往前走。

变化只在一瞬间。在一个拐弯处，说时迟那时快，八子一把拽起我钻进了路边的一家院门。我们藏在门背后，紧贴墙，大气不敢出，听着九儿和石头的脚步声走过门前，听着他们在那儿徘徊了一会儿，然后向前追去。八子探出头瞧瞧，说一声"快"，我们跳出那院门，转身向电影院飞跑。

但还是晚了，那个儿童专场已经开演半天了。下一场呢？下一场是成人场，最便宜的也得两毛一位了。我和八子站在售票口前发呆，真想把时钟倒拨，真想把价目牌上的两角改成五分，真想忽然从兜里又摸出几毛钱。

"要不，就看这场？"

"那多亏呀？都演过一半了。"

"那，买明天的？"

我和八子再到价目牌前仰望：明天，上午没有儿童场，下午呢？还

我二十一岁那年 | 081

是没有。"干脆就看这场吧?""行,半场就半场。"但是卖票的老头说:"钱烧的呀你们俩?这场说话就散啦!"

八子沮丧地倒在电影院前的台阶上,不知从哪儿捡了张报纸,盖住脸。

我说:"嘿八子,你怎么了?"

八子说:"没劲!"

我说:"这一毛钱我肯定不花,留着咱俩看电影。"

八子说:"九儿和石头这会儿肯定告我妈了。"

"告什么?"

"花别人的钱看电影呗。"

"咱不是没看吗?"

八子不说话,唯呼吸使脸上的报纸起伏掀动。

我说:"过几天,没准儿我还能再攒一毛呢,让九儿和石头也看。"

有那么一会儿,八子脸上的报纸也不动了,一丝都不动。

我推推他:"嘿,八子?"

八子掀开报纸说:"就这么不出气儿,你能憋多会儿?"

我便也就地躺下。八子说"开始",我们就一齐憋气。憋了一回,八子比我憋得长。又憋了一回,还是八子憋得长。憋了好几回,就一回我比八子憋得长。八子高兴了,坐起来。

我说:"八成是你那张报纸管用。"

"报纸?那行,我也不用。"八子把报纸甩掉。

我说:"甭了,我都快憋死了。"

八子看看太阳,站起来:"走,回家。"

我坐着没动。

八子说:"走哇?"

我还是没动。

八子说："怎么了你？"

我说："八子你真的怕 K 吗？"

八子说："操，我还想问你呢。"

我说："你怕他吗？"

八子说："你呢？"

我不知怎样回答，或者是不敢。

八子说："我瞧那小子，顶他妈不是东西！"

"没错儿，丫老说你的裤子。"

"真要是打架，我怕他？"

"那你怕他什么？"

"不知道。你呢？"

"我也不知道。"

现在想来，那天我和八子真有点儿当年张学良和杨虎城的意思。

终于八子挑明了。八子说："都赖你们，一个个全怕他。"

我赶紧说："其实，我一点儿都不想跟他好。"

八子说："操，那小子有什么可怕的？"

"可是，那么多人，都想跟他好。"

"你管他们干吗？"

"反正，反正他要是再说你的裤子，我肯定不说。"

"他不就是不跟咱玩吗？咱自己玩，你敢吗？"

"咱俩？行！"

"到时候你又不敢。"

"敢，这回我敢了。可那得，咱俩谁也不能不跟谁好。"

"那当然。"

"拉钩，你干不干？"

"拉钩上吊，一百年不许变！拉钩上吊，一百年不许变——"

"他要不跟你好，我跟你好。"

"我也是，我老跟你好。"

"拉钩上吊，一百年不许变！拉钩上吊，一百年不许变——"

轰的一声，电影院的门开了，人流如涌，鱼贯而出，大人喊孩子叫。

我和八子拉起手，随着熙攘的人流回家。现在想起来，我那天的行为是否有点儿狡猾？甚至丑恶？那算不算是拉拢，像K一样？不过，那肯定算得上是一次阴谋造反！但是那一天，那一天和这件事，忽然让我不再觉得孤单，想起明天也不再觉得惶恐、忧哀，想起小学校的那座庙院也不再觉得那么阴郁和荒凉。

我和八子手拉着手，过大街，走小巷，又到了北新桥。忽然，一阵炸灌肠的香味儿飘来。我说："嘿，真香！"八子也说："嗯，香！"四顾之时，见一家小吃摊就在近前。我们不由得走过去，站在摊前看。大铁铛上"嗞啦嗞啦"地冒着油烟，一盘盘粉红色的灌肠盛上来，再浇上蒜汁，晶莹剔透煞是诱人。摊主不失时机地吆喝："热灌肠啊！不贵啦！一毛钱一盘的热灌肠呀！"我想那时我一定是两眼发直，唾液盈口，不由得便去兜里摸那一毛钱了。

"八子，要不咱先吃了灌肠再说吧？"

八子不示赞成，也不反对，意思是：钱是你的。

一盘灌肠我们俩人吃，面对面，鼻子几乎碰着鼻子。八子脸上又愧然地笑了，笑得毫无杂质，意思是：等我有了钱吧，现在可让我说什么呢？

那灌肠真是香啊，人一生很少有机会吃到那么香的东西。

看电影

　　我和八子一起去的那家影院，叫交道口影院。小时候，我家附近，方圆五六里内，只这一家影院。此生我看过的电影，多半是在那儿看的。

　　"上哪儿呀您？""交道口。"或者："您这是干吗去？""交道口。"在我家那一带，这样的问答已经足够了，不单问者已经明白，听见的人便都知道，被问者是去看电影的。所以，在我童年一度的印象里，交道口和电影院是同义的。记得有一回在街上，一个人问我："小孩儿，交道口怎么走？"我指给他："往前再往右，一座灰楼。""灰楼？"那人不解。我说："写着呢，老远就能看见——交道口影院。"那人笑了："影院干吗？我去交道口！交道口，知道不？"这下轮到我发蒙了。那人着急："好吧好吧，交道口影院，怎么走？"我再给他指一遍；心说这不结了，你知道还是我知道？但也就在这时，我忽然醒悟：那电影院是因地处交道口而得名。

　　八十年代末这家电影院拆了。这差不多能算一个时代的结束，从此我很少看电影了，一是票价忽然昂贵，二是有了录像和光盘，动听的说法是"家庭影院"。

但我还是怀念"交道口",那是我的电影启蒙地。我平生看过的第一部电影是《神秘的旅伴》,片名是后来母亲告诉我的。我只记得一个漂亮的女人总在银幕上颠簸,神色慌张,其身型时而非常之大,以至大出银幕,时而又非常之小,小到看不清她的脸。此外就只是些破碎的光影,几张晃动的、丑陋的脸。我仰头看得劳累,大约是太近银幕之故。散场时母亲见我还睁着眼,抱起我,竟有骄傲的表情流露。回到家,她跟奶奶说:"这孩子会看电影了,一点儿都没睡。"我却深以为憾:那儿也能睡吗,怎不早说?奶奶问我:"都看见什么了?"我转而问母亲:"有人要抓那女的?"母亲大喜过望:"对呀!坏人要害小黎英。"我说:"小黎英长得真好看。"奶奶抚掌大笑道:"就怕这孩子长大了没别的出息。"

通往交道口的路,永远是一条快乐的路。那时的北京蓝天白云,细长的小街上一半是灰暗错落的屋影,一半是安闲明澈的阳光。一票在手有如节日,几个伙伴相约一路,可以玩弹球儿,可以玩"骑马打仗"。还可在沿途的老墙和院门上用粉笔画一条连续的波浪,碰上院门开着,便站到门旁的石墩上去,踮着脚尖让那波浪越过门楣,务使其毫不间断。倘若敞开的院门里均无怒吼和随后的追捕,这波浪便一直能画到影院的台阶上。

坐在台阶上,等候影院开门,钱多的更可以买一根冰棍骄傲地嘬。大家瞪着眼看他和他的冰棍,看那冰棍迅速地小下去,必有人忍无可忍,说:"喂,开咱一口。"开者嘬也,你就要给他嘬上一口。继续又有人说了:"也开咱一口。"你当然还要给,快乐的日子里做人不能太小气。大家在灿烂的阳光下坐成一排,舒心地等候,小心地嘬——这样的时刻似乎人人都有责任感,谁也不忍一口嘬去太多。

有部反特片,《徐秋影案件》,甚是难忘。那是我头一回看露天电影,就在我们小学的操场上。票价二分,故所有的孩子都得到了家长的赞助。晚霞未落,孩子们便一群一伙地出发了,扛个小板凳,或沿途捡两块砖头,希望早早去占个好位置。天黑时,白色的银幕升起来,就挂在操场中央,月亮下面。幕前幕后都坐满了人。有一首流行歌曲怀念过这样的情景,其中一句大意是:如今再也看不到银幕背后的电影了。

　　那个电影着实阴森可怖,音乐一惊一乍地令人毛骨悚然,黑白的光影里总好像暗伏杀机。尤其是一个漂亮女人(后来才知是特务),举止温文尔雅,却怎么一颦一笑总显得犹疑、警惕?影片演到一半,夜风忽起,银幕飘飘抖抖更让人难料凶吉。我身上一阵阵地冷,想看又怕看,怕看但还是看着。四周树影沙沙,幕边云移月走,剧中的危惧融入夜空,仿佛满天都是凶险,风中处处阴谋。

　　好不容易挨到散场,八子又有建议:"咱玩抓特务吧。"我想回家。八子说不行,人少了怎么玩?月光清清亮亮,操场上只剩了几个放电影的人在收起银幕。谁当特务呢?白天会抢着当的,这会儿没人争取。特务必须独往独来,天黑得透,一个人还是怕。耗子最先有了主意:"瞧,那老头!"八子顺着她的手指看:"那老头?行,就是他!"小不点说:"没错儿,我早注意他了,电影完了他干吗还不走?"那无辜的老头蹲在小树林边的暗影里抽烟,面目不清,烟火时明时暗。虎子说:"老东西正发暗号呢!"八子压低声音:"瞧瞧去,接暗号的是什么人?"一队人马便潜入小树林。八子说:"这哪儿行?散开!"于是散开,有的贴着墙根走,有的在地上匍匐,有的隐蔽在树后;吹一声口哨或学一声蛐蛐叫,保持联络。四处灯光不少,难说哪一盏与老头有关,如此看来就先包围了他再说吧。四面合围,一齐收紧,逼近那"老东西"。小不点眼尖,最先哧哧地笑起来:"虎子,那是你爷爷!"

几十年后我偶然在报纸上读到,《徐秋影案件》是根据了一个真实故事,但"徐秋影"跟虎子他爷爷那夜的遭遇一样,是个冤案。

模仿电影里的行动,是一切童年必有的乐事。比如现在的电影,多有拳争武斗,孩子们一招一式地学来,个个都像一方帮主。几十年前的电影呢,无非是打仗的、反特的、潜入敌营去侦察的;枪林弹雨,出生入死,严刑拷打,宁死不屈,最后必是胜利大反攻,咱的炮火愤怒而且猛烈,歼敌无数。因而,曾有一代少年由衷地向往那样的烽火硝烟。("首长,让我们上前线吧,都快把人憋死了!""怎么,着急了?放心,有你们的仗打。")是呀,打死敌人你就是英雄,被敌人打死你就还是英雄,这可是多么值得!故而冲锋号一响,银幕上炮火横飞——一批年轻人撂倒了另一批年轻人,一些被怀念的恋人消灭了另一些被怀念的恋人——场内立刻一片欢腾。是嘛,少男少女们花钱买票是为什么来的?开心,兴奋,自由欢叫,激情涌泄。这让我想通了如今的"追星族"。少年狂热古今无异,给他个偶像他就发烧,终于烧到哪儿去就不好说。比如我们这一代,忽然间就烧进了"文化大革命"。

"文化大革命"了,造反了,大批判了,电影是没的看了,电影院全关张了,电影统统地有问题了。电影厂也不再神秘,敞开大门,有请各位帮忙造反。有一回去北影看大字报,发现昔日的偶像都成了"黑帮",看来看去心里怪怪的。"黄世仁"和"穆仁智"一类倒也罢了,可"洪常青"和"许云峰"等怎么回事?一旦弯在台上挨斗,可还是那般大义凛然?明白明白,要把演员和角色择开,但是明白归明白,心里还是怪怪的。

电影院关张了几年,忽有好消息传来:要演《列宁在十月》了,要演《列宁在一九一八》了。阿芙乐尔号的炮声又响了,这一回给咱送来了什么？人们一遍遍地看（否则看啥），一遍遍复习里面的台词（久疏幽默），一遍遍欣赏其中的芭蕾舞片段（多短的裙子和多美的其他），一遍遍凝神屏气看瓦西里夫妇亲吻（这两口子胆儿可真大）。在我的印象里，就从这时，国人的审美立场发生着动摇，竭力在炮火狼烟中拾捡温情，在一个执意不肯忘记仇恨的年代里思慕着爱恋。

《艳阳天》是停顿了若干年后中国的第一部国产片。该片上演时我已坐上轮椅，而且正打算写点儿什么。票很难买，电影院门前彻夜有人排队。托了人，总算买到一张票，我记得清楚，是早场五点多的，其他场次要有更强大的"后门"。

还是交道口，还是那条路，沿途的老墙上仍有粉笔画的波浪，真可谓代代相传。一夜大雪未停，事先已探知手摇车不准入场，母亲便推着那辆自制的轮椅送我去。那是我的第一辆轮椅，是父亲淘换了几根钢管回来求人给焊的，结构不很合理，前轮总不大灵活。雪花纷纷地还在飞舞，在昏黄的路灯下仿佛一群飞蛾。路上的雪冻成了一道道冰棱子，母亲推得沉重，但母亲心里快乐。（因为那是一条永远快乐的路吗？）母亲知道我正打算写点儿什么，又知道我跟长影的一位导演有着通信，所以她觉得推我去看这电影是非常必要的，是一件大事。怎样的大事呢？我们一起在那条快乐的雪路上跋涉时，谁也没有把握，唯朦胧地都怀着希望。她把我推进电影院，安顿好，然后回家。谢天谢地她不必在外面等我，命运总算有怜恤她的时候——交道口离我家不远，她只需送我来，只需再接我回去。

再过几年，有了所谓"内部电影"。据说这类电影"四人帮"时就有，唯内部得更为严格。现在略有松动。初时百姓不知，见夜色中开来些大小轿车，纷纷在剧场前就位，跳出来的人们神态庄重，黑压压地步入剧场，百姓还以为是开什么要紧的会。内部者，即级别够高、立场够稳、批判能力够强、为各种颜色都难毒倒的一类。再就是内部的内部，比如老婆，又比如好友。影片嘛，东洋西洋的都有，据说运气好还能撞上半裸或全裸的女人。据说又有洁版和全版之分，这要视内部的级别高低而定。然而没有不透风的墙呀——检票员不得已而是外部，放映员没办法也得是外部，可外部难免也有其内部，比如老婆，又比如好友。如此一算，全国人民就都有机会当一两回内部，消息于是不胫而走。再有这类放映时，剧场前就比较沸腾，比较火爆，也不知从哪儿涌出来这么多的内部和外部！广大青年们尤其想：裸体！难道不是我们看了比你们看了更有作用？有那么一段不太长久的时期，一张内部电影票，便是身份或者本领的证明。

"内部电影"风风火火了一阵子之后，有人也送了我一张票。"啥名儿？""没准儿，反正是内部的。"无风的夏夜，树叶不动，我摇了轮椅去看平生的第一回内部电影。从雍和宫到那个内部礼堂，摇了一个多钟头，沿街都是乘凉的人群。那时我身体真好，再摇个把钟头也行。然而那礼堂的台阶却高，十好几层，我喘吁吁地停车阶下，仰望阶上，心知凶多吉少。但既然来了，便硬着头皮喊那个检票人——请他从台阶上下来，求他帮忙想想办法让我进去。检票人听了半天，跑回去叫来一个领导。领导看看我："下不来？"我说是。领导转身就走，甩下一句话："公安局有规定，任何车辆不准入内。"倒是那个检票人不时向我投来抱歉的目光。我没做太多争取。我不想多做争辩。这样的事已不止十回，智力正常如我者早有预料。只不过碰碰运气。若非内部电影，我也不会跑这么远来碰运气。不过呢，来一趟也好，家里更是闷热难熬。况且还能看看内部电影之盛况，以往只是听说。这算不算体验生活？算不算深入实际？我退到路边，买根冰棍坐在树影里瞧。于是想念起交道口，那儿的人都认识我了，见我来了就打开太平门任我驱车直入——太平门前没有台阶。可惜那儿也没有内部电影，那儿是外部。那儿新来了个小伙子，姓项，那儿的人都叫他小项。奇怪小项怎么头一回见我就说："嘿哥们儿，也写部电影吧，咱们瞧瞧。"

小项不知现在何方。

小项猜对了。小项那样说的时候，我正在写一个电影剧本。那完全是因为柳青的鼓励。柳青，就是长影那个导演。第一次她来看我就对我说："干吗你不写点儿什么？"她说中了我的心思，但是电影，谁都能写吗？以后柳青常来看我，三番五次地总对我说："小说，或者电影，我看你真的应该写点儿什么。"既然一位专业人士对我有如此信心，我便悄悄地开始写了。既然对我有如此信心的是一位导演，我便从电影剧本开始。尤其那时，我正在一场不可能成功的恋爱中投注着全部热情，我想我必得做一个有为的青年。尤其我曾爱恋着的人，也对我抱着同样的信心——"真的，你一定行"——我便没日没夜地满脑子都是剧本了。那时母亲已经不在，通往交道口的路上，经常就有一对暂时的恋人并步而行（其实是脚步与车轮）。暂时，是明确的，而暂时的原因，有必要深藏不露——不告诉别人，也避免告诉自己。但是暂时，只说明时间，不说明品质，在阳光灿烂的那条快乐的路上，在雨雪之中的那家影院的门廊下，爱恋，因其暂时而更珍贵。在幽暗的剧场里他们挨得很紧，看那辉煌的银幕时，他们复习着一致的梦想：有一天，在那儿，银幕上，编剧二字之后，"是你的名字"——她说；"是呀但愿"——我想。

然而，终于这一天到来之时，时间已经远远地超过了暂时。我独自看那"编剧"后面的三个字，早已懂得：有为，与爱情，原是风马牛不相及的两个领域。但暂时，亦可在心中长久，而写作，却永远地不能与爱情无关。

珊　珊

　　那些天珊珊一直在跳舞。那是暑假的末尾，她说一开学就要表演这个节目。

　　晌午，院子里很静。各家各户上班的人都走了，不上班的人在屋里伴着自己的鼾声。珊珊换上那件白色的连衣裙，"吱呀"一声推开她家屋门，走到老海棠树下，摆一个姿势，然后轻轻起舞。

　　"吱呀"一声我也从屋里溜出来。

　　"干什么你？"珊珊停下舞步。

　　"不干什么。"

　　我煞有介事地在院子里看一圈，然后在南房的阴凉里坐下。

　　海棠树下，西番莲开得正旺，草茉莉和夜来香无奈地等候着傍晚。蝉声很远，近处是"嗡嗡"的蜂鸣，是盛夏的热浪，是珊珊的喘息。她一会儿跳进阳光，白色的衣裙灿烂耀眼，一会儿跳进树影，纷乱的图案在她身上漂移、游动；舞步轻盈，丝毫也不惊动海棠树上入睡的蜻蜓。我知道她高兴我看她跳，跳到满意时她瞥我一眼，说："去——"

既高兴我看她，又说"去"，女孩子真是搞不清楚。

我仰头去看树上的蜻蜓，一只又一只，翅膀微垂，睡态安详。其中一只通体乌黑，是难得的"老膏药"。我正想着怎么去捉它，珊珊喘吁吁地冲我喊："嘿快，快看哪你，就要到了。"

她开始旋转，旋转进明亮，又旋转得满身树影纷乱，闭上眼睛仿佛享受，或者期待，她知道接下来的动作会赢得喝彩。她转得越来越快，连衣裙像降落伞一样张开，飞旋飘舞，紧跟着一蹲，裙裾铺开在海棠树下，圆圆的一大片雪白，一大片闪烁的图案。

"嘿，芭蕾舞！"我说。

"笨死你，"她说，"这是芭蕾舞呀？"

无论如何我相信这就是芭蕾舞，而且我听得出珊珊其实喜欢我这样说。在一个九岁的男孩看来，芭蕾并非一个舞种，芭蕾就是这样一种动作——旋转，旋转，不停地旋转，让裙子飞起来。那年我可能九岁。如果我九岁，珊珊就是十岁。

又是"吱呀"一声，小恒家的屋门开了一条缝，小恒蹑手蹑脚地钻出来。

"有蜻蜓吗？"

"多着呢！"

小恒屁也不懂，光知道蜻蜓，他甚至都没注意珊珊在干吗。

"都什么呀？"小恒一味地往树上看。

"至少有一只'老膏药'！"

"是吗？"

小恒又钻回屋里，出来时得意地举着一小团面筋。于是我们就去捉蜻蜓了。一根竹竿，顶端放上那团面筋，竹竿慢慢升上去，对准"老膏药"，接近它时要快要准，要一下子把它粘住。然而可惜，"老膏药"

聪明透顶，珊珊跳得如火如荼它且不醒，我的手稍稍一抖它就知道，立刻飞得无影无踪。珊珊幸灾乐祸。珊珊让我们滚开。

"要不看你就滚一边儿去，到时候我还得上台哪，是正式演出。"

她说的是"你"，不是"你们"，这话听来怎么让我飘飘然有些欣慰呢？不过我们不走，这地方又不单是你家的！那天也怪，老海棠树上的蜻蜓特别多。珊珊只好自己走开。珊珊到大门洞里去跳，把院门关上。我偶尔朝那儿望一眼，门洞里幽幽暗暗，看不清珊珊高兴还是生气，唯一缕无声的雪白飘上飘下，忽东忽西。

那个中午出奇的安静。我和小恒全神贯注于树上的蜻蜓。

忽然，一声尖叫，随即我闻到了一股什么东西烧焦了的味。只见珊珊飞似的往家里跑，然后是她的哭声。我跟进去。床上一块黑色的烙铁印，冒着烟。院子里的人都醒了，都跑来看。掀开床单，褥子也糊了，揭开褥子，毡子也黑了。有人赶紧舀一碗水泼在床上。

"熨什么呢你呀？"

"裙子，我的连……连衣裙都皱了，"珊珊抽咽着说。

"咳，熨完就忘了把烙铁拿开了，是不是？"

珊珊点头，眼巴巴地望着众人，期待或可有什么解救的办法。

"没事儿你可熨它干吗？你还不会呀！"

"一开学我……我就得演出了。"

"不行了，褥子也许还凑合用，这床单算是完了。"

珊珊立刻号啕。

"别哭了，哭也没用了。"

"不怕，回来跟你阿姨说清楚，先给她认个错儿。"

"不哭了珊珊，不哭了，等你阿姨回来，我们大伙儿帮你说说（情）。"

可是谁都明白，珊珊是躲不过一顿好打了。

这是一个传统得不能再传统的故事。"阿姨"者，珊珊的继母。

珊珊才到这个家一年多。此前好久，就有个又高又肥的秃顶男人总来缠着那个"阿姨"。说缠着，是因为总听见他们在吵架，一宿一宿地吵，吵得院子里的人都睡不好觉。可是，吵着吵着忽然又听说他们要结婚了。这男人就是珊珊的父亲。这男人，听说还是个什么长。这男人我不说他胖而说他肥，是因他实在并不太胖，但在夏夜，他摆两条赤腿在树下乘凉，粉白的肉颤呀颤的，小恒说"就像肉冻"，你自然会想起肥。据说珊珊一年多前离开的，也是继母。离开继母的家，珊珊本来高兴，谁料又来到一个继母的家。我问奶奶："她亲妈呢？"奶奶说："小孩儿，甭打听。""她亲妈死了吗？""谁说？""那她干吗不去找她亲妈？""你可不许去问珊珊，听见没？""怎么了？""要问，我打你。"我嬉皮笑脸，知道奶奶不会打。"你要是问，珊珊可就又得挨打了。"这一说管用，我想那可真是不能问了。我想珊珊的亲妈一定是死了，不然她干吗不来找珊珊呢？

草茉莉开了。夜来香也开了。满院子香风阵阵。下班的人陆续地回来了。炝锅声、炒菜声就像传染，一家挨一家地整个院子都热闹起来。这时有人想起了珊珊。"珊珊呢？"珊珊家烟火未动，门上一把锁。"也不添火也不做饭，这孩子哪儿去了？""坏了，八成是怕挨打，跑了。""跑了？她能上哪儿去呢？""她跟谁说过什么没有？"众人议论纷纷。我看他们既有担心，又有一丝快意——给那个所谓"阿姨"点颜色看，让那个亲爹也上点心吧！

奶奶跑回来问我："珊珊上哪儿了你知道不？"

"我看她是找她亲妈去了。"

众人都来围着我问："她跟你说了？""她是这么跟你说的吗？""她上哪儿去找她亲妈，她说了吗？"

"要是我，我就去找我亲妈。"

奶奶喊："别瞎说！你倒是知不知道她上哪儿了？"

我摇头。

小恒说看见她买菜去了。

"你怎么知道她是买菜去了？"

"她天天都去买菜。"

我说："你屁都不懂！"

众人纷纷叹气，又纷纷到院门外去张望，到菜站去问，在附近的胡同里喊。

我也一条胡同一条胡同地去喊珊珊。走过老庙，走过小树林，走过轰轰隆隆的建筑工地，走过护城河，到了城墙边。没有珊珊，没有她的影子。我爬上城墙，喊她，我想这一下她总该听见了。但是晚霞淡下去，只有晚风从城墙外吹过来。不过，我心里忽然有了一个想法。

我下了城墙往回跑，我相信我这个想法一定不会错。我使劲跑，跑过护城河，跑过工地，跑过树林，跑过老庙，跑过一条又一条胡同，我知道珊珊会上哪儿，我相信没错她肯定在那儿。

小学校。对了，她果然在那儿。

操场上空空旷旷，操场旁一点雪白。珊珊坐在花坛边，抱着肩，蜷起腿，下巴搁在膝盖上，晚风吹动她的裙裾。

"珊珊。"我叫她。

珊珊毫无反应。也许她没听见？

"珊珊，我猜你就在这儿。"

我肯定她听见了。我离她远远地坐下来。

四周有了星星点点的灯光。蝉鸣却是更加的热烈。

我说:"珊珊,回家吧。"

可我还是不敢走近她。我看这时候谁也不敢走近她。就连她的"阿姨"也不敢。就连她亲爹也不敢。我看只有她的亲妈能走近她。

"珊珊,大伙儿都在找你哪。"

在我的印象里,珊珊站起来,走到操场中央,摆一个姿势,翩翩起舞。

四周已是万家灯火。四周的嘈杂围绕着操场上的寂静、空旷,还有昏暗,唯一缕白裙鲜明,忽东忽西,飞旋、飘舞……

"珊珊回去吧。""珊珊你跳得够好了。""离开学还有好几天哪,珊珊你就先回去吧。"我心里这样说着,但是我不敢打断她。

月亮爬上来,照耀着白色的珊珊,照耀她不停歇的舞步;月光下的操场如同一个巨大的舞台。在我的愿望里,也许,珊珊你就这么尽情尽意地跳吧,别回去,永远也不回去,但你要跳得开心些,别这么伤感,别这么忧愁,也别害怕。你用不着害怕呀珊珊,因为,因为再过几天你就要上台去表演这个节目了,是正式的……

但是结尾,是这个故事最为悲惨的地方:那夜珊珊回到家,仍没能躲过一顿暴打。而她不能不回去,不能不回到那个继母的家。因为她无处可去。

因而在我永远的童年里,那个名叫珊珊的女孩一直都在跳舞。那件雪白的连衣裙已经熨好了,雪白的珊珊所以能够飘转进明亮,飘转进幽暗,飘转进遍地树影或是满天星光……这一段童年似乎永远都不会长大,因为不管何年何月,这世上总是有着无处可去的童年。

小 恒

　　我小时候住的那个院子里，只小恒和我两个男孩。我大小恒四岁，这在孩子差得就不算小，所以小恒总是追在我屁股后头，是我的"兵"。

　　我上了中学，住校，小恒平时只好混在一干女孩子中间：她们踢毽他也踢毽，她们跳皮筋他也跳皮筋，她们用玻璃丝编花，小恒便劝了这个劝那个，劝她们不如还是玩些别的。周末我从学校回来，小恒无论正跟女孩们玩着什么，必立即退出，并顺便表现一下男子汉的优越："咳，这帮女的，真笨！"女孩们当然就恨恨骂，威胁说："小恒你等着，看明天他走了你跟谁玩！"小恒已经不顾，兴奋地追在我身后，汇报似的把本周院里院外的"新闻"向我细说一遍。比如谁家的猫丢了，可同时谁家又飘出炖猫肉的香味。我说："炖猫肉有什么特别的香味儿吗？"小恒挠挠后脑勺，把这个问题跳过去，又说起谁家的山墙前天夜里塌了，幸亏是往外塌的，差一点儿就往里塌，那样的话这家人就全完了。我说："怎么看出差一点儿就往里塌呢？"小恒再挠挠后脑勺，把这个问题也跳过去，又说起某某的爷爷前几天死了，有个算命的算得那叫准，说那老头要是能挺到开春就是奇迹，否则一定熬不过这个冬天。我忍不住大笑。小恒挠着后脑勺，半天才想明白。

小恒长得白白净净，秀气得像个女孩。小恒妈却丑，脸又黑。邻居们猜小恒一定是像父亲，但谁也没见过他父亲。邻居中曾有人问过："小恒爸在哪儿工作？"小恒妈啰里啰嗦，顾左右而言他。这事促成邻居们长久的怀疑和想象。

小恒妈不识字，但因每月都有一张汇票按时寄到，她所以认得自己的姓名；认得，但不会写，看样子也没打算会写，凡需签名时她一律用图章。那图章受到邻居们普遍的好评——象牙的，且有精美的雕刻和镶嵌。有回碰巧让个退休的珠宝商看见，老先生举着放大镜瞅半天，神情渐渐肃然。老先生抬眼再看图章的主人，肃然间又浮出几分诧异，然后恭恭敬敬把图章交还小恒妈，说："您可千万收好了。"

小恒妈多有洋相。有一回上扫盲课，老师问："锄禾日当午，下一句什么？"小恒妈抢着说："什么什么什么土。""谁知盘中餐？""什么什么什么苦。"又一回街道开会，主任问她："'三要四不要'（一个卫生方面的口号）都是什么？"小恒妈想了又想，身上出汗。主任说："一条就行。"小恒妈道："晚上要早睡觉。"主任忍住笑再问："那，不要什么呢？""不要加塞儿，要排队。"

一九六六年春，大约就在小恒妈规规矩矩排队购物之时，"文化大革命"已悄悄走近。我们学校最先闹起来，在教室里辩论，在食堂里辩论，在操场上辩论——清华附中是否出了修正主义？我觉得这真是无稽之谈，清华附中从来就没走错过半步社会主义。辩论未果，六月，正要期末考试，北大出事了，北大确凿是出了修正主义。于是停课，同学们都去北大看大字报；一路兴高采烈——既不用考试了，又将迎来暴风雨的考验！未名湖畔人流如粥。看呀，看呀，我心里渐渐地郁闷——看来我是修正主义"保皇派"已成定局，因而我是反动阶级的孝子贤孙也似无可非议。唉唉！暴风雨呀暴风雨，从小就盼你，怎么你来了我却弄成这样？

有天下午回到家，坐着发呆，既为自己的立场懊恼，又为自己的出身担忧。这时小恒来了，几个星期不见，他的汇报已经"以阶级斗争为纲"了。

"嘿，知道吗？珊珊她爸有问题！"

"谁说？"

"珊珊她阿姨都哭了。"

"这新鲜吗？"

"珊珊她爸好些天都没回家了。"

"又吵架了呗。"

"才不是哪，人家说他是修正主义分子。"

"怎么说？"

"说他是资产阶级生活方式。"

"那倒是，他不是谁是？"

"街东头的辉子，知道不？他家有人在台湾！"

"你怎么知道的？"

"还有北屋老头，几根头发还总抹油，抽的烟特高级，每根都包着玻璃纸！"

"雪茄都那样，你懂个屁！"

"9号的小文，她爸是地主。她爸叫什么你猜？徐有财。反动不反动？"

我不想听了。"小恒，你快成'包打听'了。"我想起奶奶的成分也是地主，想起我的出身到底该怎么算？那天我没在家多待，早早地回了学校。

学校里天翻地覆。北京城天翻地覆。全中国都出了修正主义！初时，阶级营垒尚不分明，我战战兢兢地混进革命队伍也曾去清华园里造过一次反，到一个"反动学术权威"家里砸了几件摆设，毁了几双资产阶级色彩相当浓重的皮鞋。但不久，非"红五类"出身者便不可造反，我和几个不红不黑的同学便早早地做了逍遥派。随后，班里又有人被揭露出隐瞒了罪恶出身，我脸上竭力表现着愤怒，心里却暗暗地发抖。可什么人才会暗暗地发抖呢？耳边便响起一句话现成的解释："让阶级敌人躲在阴暗的角落里去发抖吧！"

　　再见小恒时，他已是一身的"民办绿"（自制军装，唯颜色露出马脚，就好比当今的假冒名牌，或当初的阿Q，自以为已是革命党）。我把他从头到脚看一遍，不便说什么，唯低头听他汇报。

　　"嘿不骗你，后院小红家偷偷烧了几张画，有一张上居然印着青天白日旗！"

　　"真的？"

　　"当然。也不知让谁看见给报告了，小红她舅姥爷这几天正扫大街哪。"

　　"是吗？"

　　"西屋一见，吓得把沙发也拆了。沙发里你猜是什么？全是烂麻袋片！"

　　四周比较安静。小恒很是兴奋。

　　"听说后街有一家，红卫兵也不是怎么知道的，从他们家的箱子里翻出一堆没开封的瑞士表，又从装盐的坛子里找出好些金条！"

　　"谁说的？"

　　"还用谁说？东西都给抄走了，连那家的大人也给带走了。"

"真的？"

"骗你是孙子。还从一家抄出了解放前的地契呢！那家的老头老太太跪在院子里让红卫兵抽了一顿皮带，还说要送他们回原籍劳改去呢。"

小恒的汇报轰轰烈烈，我听得胆战心惊。

那天晚上，母亲跟奶奶商量，让奶奶不如先回老家躲一躲。奶奶悄然落泪。母亲说："先躲过这阵子再说，等没事了就接您回来。"我真正是躲在角落里发抖了，不敢再听，溜出家门，心里乱七八糟地在街上走，一直走回学校。

几天后奶奶走了。母亲来学校告诉我：奶奶没受什么委屈，平平安安地走了。我松了一口气。但即便在那一刻，我也知道，这一口气是为什么松的。良心，其实什么都明白。不过，明白，未必就能阻止人性的罪恶。多年来，我一直躲避着那罪恶的一刻。但其实，那是永远都躲避不开的。

母亲还告诉我，小恒一家也走了。

"小恒？怎么回事？"

"从他家搜出了几大箱子绸缎，还有银圆。"

"怎么会？"

"完全是偶然。红卫兵本来是冲着小红的舅姥爷去的，然后各家看看，就在小恒家翻出了那些东西。"

几十匹绫罗绸缎，色彩缤纷华贵，铺散开，铺得满院子都是，一地金光灿烂。

小恒妈跪在院子中央，面如土灰。

银圆一把一把地抛起来，落在柔软的绸缎上，沉甸甸的但没有声音。

接着是皮带抽打在皮肉上的震响，先还零碎，渐渐地密集。

老海棠树的树荫下，小恒妈两眼呆滞一声不吭，皮带仿佛抽打着木桩。

红卫兵愤怒地斥骂。

斥骂声惊动了那一条街。

邻居们早都出来，静静地站在四周的台阶下。

街上的人吵吵嚷嚷地涌进院门，然后也都静静地站在四周的台阶下。

有人轻声问："谁呀？"

没人回答。

"小恒妈，是吗？"

没人理睬。

小恒妈哀恐的目光偶尔向人群中搜寻一回，没人知道她在找什么。

没人注意到小恒在哪儿。

没人还能顾及到小恒。

是小恒自己出来的。他从人群里钻出来。

小恒满面泪痕，走到他妈跟前，接过红卫兵的皮带，"啪！啪啪！啪啪啪……"那声音惊天动地。

连那几个红卫兵都惊呆了。在场的人后退一步，吸一口凉气。

小恒妈一如木桩，闭上双眼，倒似放心了的样子。

"啪！啪啪！啪啪啪……"

没人去制止。没人敢动一下。

直到小恒手里的皮带掉落在地，掉落在波浪似的绸缎上。

小恒一动不动地站着。小恒妈一动不动地跪着。

老海棠树上，蜻蜓找到了午间的安歇地。一只蝴蝶在院中飞舞。蝉歌如潮。

很久，人群有些骚动，无声地闪开一条路。

警察来了。

绫罗绸缎扔上卡车，小恒妈也被推上去。

小恒这才哭喊起来："我不走，我不走！哪儿也不去！我一个人在北京！"

在场的人都低下头，或偷偷叹气。

一个老民警对小恒说："你还小哇，一个人哪儿行？"

"行！我一个人行！要不，大妈大婶我跟着你们行不？跟着你们谁都行！"

是人无不为之动容。

这都是我后来听说的。

再走进那个院子时，只见小恒家的门上一纸封条、一把大锁。

老海棠树已然枝枯叶落。落叶被阵阵秋风吹开，堆积到四周的台阶下，就像不久前屏息战栗的人群。

家里，不见了奶奶，只有奶奶的针线笸箩静静地躺在床上。

我的良心仍不敢醒。但那孱弱的良心，昏然地能够看见奶奶独自走在乡间小路上的样子。还能看见：苍茫的天幕下走着的小恒，前面不远，是小恒妈踽踽而行的背影。或者还能看见：小恒紧走几步，追上母亲，母亲一如既往搂住他弱小且瑟缩的肩膀。荒风落日，旷野无声。

记忆・怀念

老海棠树

如果可能，如果有一块空地，不论窗前屋后，要是能随我的心愿种点儿什么，我就种两棵树。一棵合欢，纪念母亲。一棵海棠，纪念我的奶奶。

奶奶，和一棵老海棠树，在我的记忆里不能分开；好像她们从来就在一起，奶奶一生一世都在那棵老海棠树的影子里张望。

老海棠树近房高的地方，有两条粗壮的枝丫，弯曲如一把躺椅，小时候我常爬上去，一天一天地就在那儿玩。奶奶在树下喊："下来，下来吧，你就这么一天到晚待在上头不下来了？"是的，我在那儿看小人书，用弹弓向四处射击，甚至在那儿写作业，书包挂在房檐上。"饭也在上头吃吗？"对，在上头吃。奶奶把盛好的饭菜举过头顶，我两腿攀紧树丫，一个海底捞月把碗筷接上来。"觉呢，也在上头睡？"没错。四周是花香，是蜂鸣，春风拂面，是沾衣不染的海棠花雨。奶奶站在地上，站在屋前，老海棠树下，望着我；她必是羡慕，猜我在上头是什么感觉，都能看见什么？

但她只是望着我吗？她常独自呆愣，目光渐渐迷茫，渐渐空荒，透过老海棠树浓密的枝叶，不知所望。

春天，老海棠树摇动满树繁花，摇落一地雪似的花瓣。我记得奶奶坐在树下糊纸袋，不时地冲我叨唠："就不说下来帮帮我？你那小手儿糊得多快！"我在树上东一句西一句地唱歌。奶奶又说："我求过你吗？这回活儿紧！"我说："我爸我妈根本就不想让您糊那破玩意儿，是您自己非要这么累！"奶奶于是不再吭声，直起腰，喘口气，这当儿就又呆呆地张望——从粉白的花间，一直到无限的天空。

或者夏天，老海棠树枝繁叶茂，奶奶坐在树下的浓荫里，又不知从哪儿找来了补花的活儿，戴着老花镜，埋头于床单或被罩，一针一线地缝。天色暗下来时她冲我喊："你就不能劳驾去洗洗菜？没见我忙不过来吗？"我跳下树，洗菜，胡乱一洗了事。奶奶生气了："你们上班上学，就是这么糊弄？"奶奶把手里的活儿推开，一边重新洗菜一边说："我就一辈子得给你们做饭？就不能有我自己的工作？"这回是我不再吭声。奶奶洗好菜，重新捡起针线，从老花镜上缘抬起目光，又会有一阵子愣愣地张望。

有年秋天，老海棠树照旧果实累累，落叶纷纷。早晨，天还昏暗，奶奶就起来去扫院子，"刷啦——刷啦——"，院子里的人都还在梦中。那时我大些了，正在插队，从陕北回来看她。那时奶奶一个人在北京，爸和妈都去了干校。那时奶奶已经腰弯背驼。"刷啦刷啦"的声音把我惊醒，赶紧跑出去："您歇着吧我来，保证用不了三分钟。"可这回奶奶不要我帮。"咳，你呀！你还不懂吗？我得劳动。"我说："可谁能看得见？"奶奶说："不能那样，人家看不看得见是人家的事，我得自觉。"她扫完了院子又去扫街。"我跟您一块儿扫行不？""不行。"

这样我才明白，曾经她为什么执意要糊纸袋，要补花，不让自己闲着。有爸和妈养活她，她不是为挣钱，她为的是劳动。她的成分随了爷爷算地主。虽然我那个地主爷爷三十几岁就一命归天，是奶奶自己带着三个儿子苦熬过几十年，但人家说什么？人家说："可你还是吃了那么多年的剥削饭！"这话让她无地自容。这话让她独自愁叹。这话让她几十年的苦熬忽然间变成屈辱。她要补偿这罪孽。她要用行动证明。证明什么呢？她想着她未必不能有一天自食其力。奶奶的心思我有点儿懂了：什么时候她才能像爸和妈那样，有一份名正言顺的工作呢？大概这就是她的张望吧，就是那老海棠树下屡屡的迷茫与空荒。不过，这张望或许还要更远大些——她说过：得跟上时代。

所以冬天，所有的冬天，在我的记忆里，几乎每一个冬天的晚上，奶奶都在灯下学习。窗外，风中，老海棠树枯干的枝条敲打着屋檐，摩擦着窗棂。奶奶曾经读一本《扫盲识字课本》，再后是一字一句地念报纸上的头版新闻。在《奶奶的星星》里我写过：她学《国歌》一课时，把"吼声"念成"孔声"。我写过我最不能原谅自己的一件事：奶奶举着一张报纸，小心地凑到我跟前："这一段，你给我说说，到底什么意思？"我看也不看地就回答："您学那玩意儿有用吗？您以为把那些东西看懂，您就真能摘掉什么帽子？"奶奶立刻不语，唯低头盯着那张报纸，半天半天目光都不移动。我的心一下子收紧，但知已无法弥补。"奶奶。""奶奶！""奶奶——"我记得她终于抬起头时，眼里竟全是惭愧，毫无对我的责备。

但在我的印象里，奶奶的目光慢慢地离开那张报纸，离开灯光，离开我，在窗上老海棠树的影子那儿停留一下，继续离开，离开一切声响甚至一切有形，飘进黑夜，飘过星光，飘向无可慰藉的迷茫与空荒……而在我的梦里，我的祈祷中，老海棠树也便随之轰然飘去，跟随着奶奶，陪伴着她，围拢着她；奶奶坐在满树的繁花中，满地的浓荫里，张望复张望，或不断地要我给她说说："这一段到底是什么意思？"——这形象，逐年地定格成我的思念和我永生的痛悔。

我二十一岁那年（节选）

友谊医院神经内科病房有十二间病室，除去1号2号，其余十间我都住过。当然，绝不为此骄傲。即便多么骄傲的人，据我所见，一躺上病床也都谦恭。1号和2号是病危室，是一步登天的地方，上帝认为我住那儿为时尚早。

十九年前，父亲搀扶着我第一次走进那病房。那时我还能走，走得艰难，走得让人伤心就是了。当时我有过一个决心：要么好，要么死，一定不再这样走出来。

正是晌午，病房里除了病人的微鼾，便是护士们轻极了的脚步声，满目洁白，阳光中飘浮着药水的味道，如同信徒走进了庙宇，我感觉到了希望。一位女大夫把我引进10号病室。她贴近我的耳朵轻轻柔柔地问："午饭吃了没？"我说："您说我的病还能好吗？"她笑了笑。记不得她怎样回答了，单记得她说了一句什么之后，父亲的愁眉也略略地舒展。女大夫步履轻盈地走后，我永远留住了一个偏见：女人是最应该当大夫的，白大褂是她们最优雅的服装。

那天恰是我二十一岁生日的第二天。我对医学对命运都还未及了解，不知道病出在脊髓上将是一件多么麻烦的事。我舒心地躺下来睡了个好觉。心想：十天，一个月，好吧就算是三个月，然后我就又能是原来的样子了。和我一起插队的同学来看我时，也都这样想，他们给我带来很多书。

10号有六个床位。我是6床。5床是个农民，他天天都盼着出院。"光房钱一天一块一毛五，你算算得啦，"5床说，"'死病'值得了这么些？"3床就说："得了嘿，你有完没完！死死死，数你悲观。"4床是个老头，说："别介别介，咱毛主席有话啦——既来之，则安之。"农民便带笑地把目光转向我，却是对他们说："敢情你们都有公费医疗。"他知道我还在与贫下中农相结合。1床不说话，1床一旦说话即可出院。2床像是个有些来头的人，举手投足之间便赢得大伙儿的敬畏。2床幸福地把一切名词都忘了，包括忘了自己的姓名。2床讲话时，所有名词都以"这个""那个"代替，因而讲到一些轰轰烈烈的事迹却听不出是谁人所为。4床说："这多好，不得罪人。"

我不搭茬儿。刚有的一点儿舒心顷刻全光。一天一块多房钱都要从父母的工资里出，一天好几块的药钱、饭钱都要从父母的工资里出，何况为了给我治病家中早已是负债累累了。我马上就想那农民之所想了：什么时候才能出院呢？我赶紧松开拳头让自己放明白点儿：这是在医院不是在家里，这儿没人会容忍我发脾气，而且砸坏了什么还不是得用父母的工资去赔？所幸身边有书，想来想去只好一头埋进书里去，好吧好吧，就算是三个月！我平白地相信这样一个期限。

可是三个月后我不仅没能出院，病反而更厉害了。

那时我和2床一起住到了7号。2床果然不同寻常，是位局长，十一级干部，但还是多了一级，非十级以上者无缘去住高干病房的单间。

7号是这普通病房中唯一仅设两张病床的房间，最接近单间，故一向由最接近十级的人去住。据说刚有个十三级从这儿出去。2床搬来名正言顺。我呢？护士长说是"这孩子爱读书"，让我帮助2床把名词重新记起来。"你看他连自己是谁都闹不清了。"护士长说。但2床却因此越来越让人喜欢。因为"局长"也是名词也在被忘之列，我们之间的关系日益平等、融洽。有一天他问我："你是干什么的？"我说："插队的。"2床说他的"那个"也是，两个"那个"都是，他在高出他半个头的地方比划一下："就是那两个，我自己养的。""您是说您的两个儿子？"他说对，儿子。他说好哇，革命嘛就不能怕苦，就是要去结合。他说："我们当初也是从那儿出来的嘛。"我说："农村？""对对对。什么？""农村。""对对对农村。别忘本呀！"我说是。我说："您的家乡是哪儿？"他于是抱着头想好久。这一回我也没办法提醒他。最后他骂一句，不想了，说："我也放过那玩意儿。"他在头顶上伸直两个手指。"是牛吗？"他摇摇头，手往低处一压。"羊？""对了，羊。我放过羊。"他躺下，双手垫在脑后，甜甜蜜蜜地望着天花板老半天不言语。大夫说他这病叫作"角回综合症，命名性失语"，并不影响其他记忆，尤其是遥远的往事更都记得清楚。我想局长到底是局长，比我会得病。他忽然又坐起来："我的那个，喂，小什么来？""小儿子？""对！"他怒气冲冲地跳到地上，说："那个小玩意儿，娘个×！"说："他要去结合，我说好嘛我支持。"说："他来信要钱，说要办个这个。"他指了指周围，我想"那个小玩意儿"可能是要办个医疗站。他说："好嘛，要多少？我给。可那个小玩意儿！"他背着手气哼哼地来回走，然后停住，两手一摊，"可他又要在那儿结婚！""在农村？""对。农村。""跟农民？""跟农民。"无论是根据我当时的思想觉悟，还是根据报纸电台当时的宣传倡导，这都是值得肃然起敬的。"扎根派。"我钦佩地说。"娘了个×派！"他说，"可你还要不要回来嘛！"这下我有点儿发蒙。

见我愣着，他又一跺脚，补充道："可你还要不要革命？"这下我懂了，先不管革命是什么，2床的坦诚却令人欣慰。

不必去操心那些玄妙的逻辑了。整个冬天就快过去，我反倒挂着拐杖都走不到院子里去了，双腿日甚一日地麻木，肌肉无可遏止地萎缩，这才是需要发愁的。

我能住到7号来，事实上是因为大夫护士们都同情我。因为我还这么年轻，因为我是自费医疗，因为大夫护士都已经明白我这病的前景极为不妙，还因为我爱读书——在那个"知识越多越反动"的年代，大夫护士们尤为喜爱一个爱读书的孩子。他们还把我当孩子。他们的孩子有不少也在插队。护士长好几次在我母亲面前夸我，最后总是说："唉，这孩子……"这一声叹，暴露了当代医学的爱莫能助。他们没有别的办法帮助我，只能让我住得好一点儿，安静些，读读书吧——他们可能是想，说不定书中能有"这孩子"一条路。

可我已经没了读书的兴致。整日躺在床上，听各种脚步从门外走过；希望他们停下来，推门进来，又希望他们千万别停，走过去走他们的路去别来烦我。心里荒荒凉凉地祈祷：上帝如果你不收我回去，就把能走路的腿也给我留下！我确曾在没人的时候双手合十，出声地向神灵许过愿。多年以后才听一位无名的哲人说过：危卧病榻，难有无神论者。如今来想，有神无神并不值得争论，但在命运的混沌之点，人自然会忽略着科学，向虚暝之中寄托一份虔敬的祈盼。正如迄今人类最美好的向往也都没有实际的验证，但那向往并不因此消灭。

主管大夫每天来查房，每天都在我的床前停留得最久："好吧，别急。"按规矩主任每星期查一次房，可是几位主任时常都来看看我："感觉怎么样？嗯，一定别着急。"有那么些天全科的大夫都来看我，八小时以内或以外，单独来或结队来，检查一番各抒主张，然后都对我说："别着急，好吗？千万别急。"从他们谨慎的言谈中我渐渐明白了一件事：我这病要是因为一个肿瘤的捣鬼，把它打出来切下去随便扔到一个垃圾桶里，我就还能直立行走，否则我多半就是把祖先数百万年进化而来的这一优势给弄丢了。

窗外的小花园里已是桃红柳绿，二十二个春天没有哪一个像这样让人心抖。我已经不敢去羡慕那些在花丛树行间漫步的健康人和在小路上打羽毛球的年轻人。我记得我久久地看过一个身着病服的老人，在草地上踱着方步晒太阳：只要这样我想只要这样！只要能这样就行了就够了！我回忆脚踩在软软的草地上是什么感觉？想走到哪儿就走到哪儿是什么感觉？踢一颗路边的石子，踢着它走是什么感觉？没这样回忆过的人不会相信，那竟是回忆不出来的！老人走后我仍呆望着那块草地，阳光在那儿慢慢地淡薄，脱离，凝作一缕孤哀凄寂的红光一步步爬上墙，爬上楼顶……我写下一句歪诗：轻拨小窗看春色，漏入人间一斜阳。日后我摇着轮椅特意去看过那块草地，并从那儿张望 7 号窗口，猜想那玻璃后面现在住的谁？上帝打算为他挑选什么前程？当然，上帝用不着征求他的意见。

我乞求上帝不过是在和我开着一个临时的玩笑——在我的脊椎里装进了一个良性的瘤子。对对，它可以长在椎管内，但必须要长在软膜外，那样才能把它剥离而不损坏那条珍贵的脊髓。"对不对，大夫？""谁告诉你的？""对不对吧？"大夫说："不过，看来不太像肿瘤。"我用目光在所有的地方写下"上帝保佑"，我想，或许把这四个字写到千遍万遍就会赢得上帝的怜悯，让它是个瘤子，一个善意的瘤子。要么干脆是个恶毒的瘤子，能要命的那一种，那也行。总归得是瘤子，上帝！

朋友送了我一包莲子，无聊时我捡几颗泡在瓶子里，想，赌不赌一个愿？——要是它们能发芽，我的病就不过是个瘤子。但我战战兢兢地一直没敢赌。谁料几天后莲子竟都发芽。我想好吧我赌！我想其实我压根儿是倾向于赌的。我想倾向于赌事实上就等于是赌了。我想现在我还敢赌——它们一定能长出叶子！（这是明摆着的。）我每天给它们换水，早晨把它们移到窗台西边，下午再把它们挪到东边，让它们总在阳光里；为此我抓住床栏走，扶住窗台走，几米路我走得大汗淋漓。这事我不说，没人知道。不久，它们长出一片片圆圆的叶子来。"圆"，又是好兆。我更加周到地伺候它们，坐回到床上气喘吁吁地望着它们，夜里醒来在月光中也看看它们：好了，我要转运了。并且忽然注意到"莲"与"怜"谐意，毕恭毕敬地想：上帝终于要对我发发慈悲了吧？这些事我不说没人知道。叶子长出了瓶口，闲人要去摸，我不让，他们硬是摸了呢，我便在心里加倍地祈祷几回。这些事我不说，现在也没人知道。然而科学胜利了，它三番五次地说那儿没有瘤子，没有没有。果然，上帝直接在那条娇嫩的脊髓上做了手脚！定案之日，我像个冤判的屈鬼那样疯狂地作乱，挣扎着站起来，心想干吗不能跑一回给那个没良心的上帝瞧瞧？后果很简单，如果你没摔死你必会明白：确实，你干不过上帝。

　　我终日躺在床上一言不发，心里先是完全的空白，随后由着一个死字去填满。王主任来了。（那个老太太，我永远忘不了她。还有张护士长。八年以后和十七年以后，我两次真的病到了死神门口，全靠这两位老太太又把我抢下来。）我面向墙躺着，王主任坐在我身后许久不说什么，然后说了，话并不多，大意是：还是看看书吧，你不是爱看书吗？人活一天就不要白活。将来你工作了，忙得一点儿时间都没有，你会后悔这段时光就让它这么白白地过去了。这些话当然并不能打消我的死念，但这些话我将受用终生，在以后的若干年里我频繁地对死神抱有过热情，但在未死之前我一直记得王主任这些话，因而还是去做些事。使我没有去死的原因很多（我在另外的文章里写过），"人活一天就不要白活"亦为其一，慢慢地去做些事于是慢慢地有了活的兴致和价值感。有一年我去医院看她，把我写的书送给她，她已是满头白发了，退休了，但照常在医院里从早忙到晚。我看着她想，这老太太当年必是心里有数，知道我还不至于去死，所以她单给我指一条活着的路。可是我不知道当年我搬离 7 号后，是谁最先在那儿发现过一团电线？并对此做过什么推想？那是个秘密，现在也不必说。假定我那时真的去死了呢？我想找一天去问问王主任。我想，她可能会说"真要去死那谁也管不了"；可能会说"要是你找不到活着的价值，迟早还是想死"；可能会说"想一想死倒也不是坏事，想明白了倒活得更自由"；可能会说"不，我看得出来，你那时离死神还远着呢，因为你有那么多好朋友"。

友谊医院——这名字叫得好。"同仁""协和""博爱""济慈"，这样的名字也不错，但或稍嫌冷静，或略显张扬，都不如"友谊"听着那么平易、亲近。也许是我的偏见。二十一岁末尾，双腿彻底背叛了我，我没死，全靠着友谊。还在乡下插队的同学不断写信来。软硬兼施劝骂并举，以期激起我活下去的勇气；已转回北京的同学每逢探视日必来看我，甚至非探视日他们也能进来。"怎进来的你们？""咳，闭上一只眼睛想一会儿就进来了。"这群插过队的，当年可以凭一张站台票走南闯北，甭担心还有他们走不通的路。那时我搬到了加号。加号原来不是病房，里面有个小楼梯间，楼梯间弃置不用了，余下的地方仅够放一张床，虽然窄小得像一截烟筒，但毕竟是单间，光景固不可比十级，却又非十一级可比。这又是大夫护士们的一番苦心，见我的朋友太多，都是少男少女难免说笑得不管不顾，既不能影响了别人又不可剥夺了我的快乐，于是给了我十点五级的待遇。加号的窗口朝向大街，我的床紧挨着窗，在那儿我度过了二十一岁中最惬意的时光。每天上午我就坐在窗前清清静静地读书，很多名著我都是在那时读到的，也开始像模像样地学着外语。一过中午，我便直着眼睛朝大街上眺望，尤其注目骑车的年轻人和5路汽车的车站，盼着朋友们来。有那么一阵子我暂时忽略了死神。朋友们来了，带书来，带外面的消息来，带安慰和欢乐来，带新朋友来，新朋友又带新的朋友来，然后都成了老朋友。以后的多少年里，友谊一直就这样在我身边扩展，在我心里深厚。把加号的门关紧，我们自由地嬉笑怒骂，毫无顾忌地议论世界上所有的事，高兴了还可以轻声地唱点儿什么——陕北民歌，或插队知青自己的歌。晚上朋友们走了，在小台灯幽寂而又喧嚣的光线里，我开始想写点儿什么，那便是我创作欲望最初的萌生。我一时忘记了死，还因为什么？还因为爱情的影子在隐约地晃动。那影子将长久地在我心里晃动，给未来的日子带来幸福也带来痛苦，尤其带来激情，把一个绝望的生命引领出死谷；无论是幸福还是痛苦，都会成为永远的珍藏和神圣的纪念。

秋天的怀念

　　双腿瘫痪后，我的脾气变得暴怒无常。望着望着天上北归的雁阵，我会突然把面前的玻璃砸碎；听着听着李谷一甜美的歌声，我会猛地把手边的东西摔向四周的墙壁。母亲就悄悄地躲出去，在我看不见的地方偷偷地听着我的动静。当一切恢复沉寂，她又悄悄地进来，眼边红红的，看着我。"听说北海的花儿都开了，我推着你去走走。"她总是这么说。母亲喜欢花，可自从我的腿瘫痪后，她侍弄的那些花都死了。"不，我不去！"我狠命地捶打这两条可恨的腿，喊着："我可活什么劲！"母亲扑过来抓住我的手，忍住哭声说："咱娘儿俩在一块儿，好好儿活，好好儿活……"

　　可我却一直都不知道，她的病已经到了那步田地。后来妹妹告诉我，她常常肝疼得整宿整宿翻来覆去地睡不了觉。

　　那天我又独自坐在屋里，看着窗外的树叶刷刷啦啦地飘落。母亲进来了，挡在窗前："北海的菊花开了，我推着你去看看吧。"她憔悴的脸上现出央求般的神色。"什么时候？""你要是愿意，就明天？"她说。

我的回答已经让她喜出望外了。"好吧，就明天。"我说。她高兴得一会儿坐下，一会儿站起："那就赶紧准备准备。""哎呀，烦不烦？几步路，有什么好准备的！"她也笑了，坐在我身边，絮絮叨叨地说着："看完菊花，咱们就去'仿膳'，你小时候最爱吃那儿的豌豆黄儿。还记得那回我带你去北海吗？你偏说那杨树花是毛毛虫，跑着，一脚踩扁一个……"她忽然不说了。对于"跑"和"踩"一类的字眼儿，她比我还敏感。她又悄悄地出去了。

她出去了，就再也没回来。

邻居们把她抬上车时，她还在大口大口地吐着鲜血。我没想到她已经病成那样。看着三轮车远去，也绝没有想到那竟是永远的诀别。

邻居的小伙子背着我去看她的时候，她正艰难地呼吸着，像她那一生艰难的生活。别人告诉我，她昏迷前的最后一句话是："我那个有病的儿子和我那个还未成年的女儿……"

又是秋天，妹妹推我去北海看了菊花。黄色的花淡雅，白色的花高洁，紫红色的花热烈而深沉，泼泼洒洒，秋风中正开得烂漫。我懂得母亲没有说完的话。妹妹也懂。我俩在一块儿，要好好儿活……

1981 年

合欢树

　　十岁那年，我在一次作文比赛中得了第一。母亲那时候还年轻，急着跟我说她自己，说她小时候的作文作得还要好，老师甚至不相信那么好的文章会是她写的。"老师找到家来问，是不是家里的大人帮了忙。我那时可能还不到十岁呢。"我听得扫兴，故意笑："可能？什么叫可能还不到？"她就解释。我装作根本不再注意她的话，对着墙打乒乓球，把她气得够呛。不过我承认她聪明，承认她是世界上长得最好看的女的。她正给自己做一条蓝地白花的裙子。

　　二十岁，我的两条腿残废了。除去给人家画彩蛋，我想我还应该再干点儿别的事，先后改变了几次主意，最后想学写作。母亲那时已不年轻，为了我的腿，她头上开始有了白发。医院已经明确表示，我的病目前没办法治。母亲的全副心思却还放在给我治病上，到处找大夫，打听偏方，花很多钱。她倒总能找来些稀奇古怪的药，让我吃，让我喝，或者是洗、敷、熏、灸。"别浪费时间啦！根本没用！"我说。我一心只想着写小说，仿佛那东西能把残疾人救出困境。"再试一回，不试你怎么知道有用没用？"她说每一回都虔诚地抱着希望。然而对我的腿，有多少回希望就有多少回失望。最后一回，我的胯上被熏成烫伤。医院的大夫说，这实在太悬了，对于瘫痪病人，这差不多是要命的事。我倒没太害怕，心想死了也好，死了倒痛快。母亲惊惶了几个月，昼夜守着我，一换药就说："怎么会烫了呢？我还直留神呀？"幸亏伤口好起来，不然她非疯了不可。

后来她发现我在写小说。她跟我说："那就好好写吧。"我听出来，她对治好我的腿也终于绝望。"我年轻的时候也最喜欢文学。"她说。"跟你现在差不多大的时候，我也想过搞写作。"她说。"你小时候的作文不是得过第一？"她提醒我说。我们俩都尽力把我的腿忘掉。她到处去给我借书，顶着雨或冒了雪推我去看电影，像过去给我找大夫，打听偏方那样，抱了希望。

三十岁时，我的第一篇小说发表了，母亲却已不在人世。过了几年，我的另一篇小说又侥幸获奖，母亲已经离开我整整七年。

获奖之后，登门采访的记者就多。大家都好心好意，认为我不容易。但是我只准备了一套话，说来说去就觉得心烦。我摇着车躲出去。坐在小公园安静的树林里，我闭上眼睛，想：上帝为什么早早地召母亲回去呢？很久很久，迷迷糊糊地，我听见回答："她心里太苦了。上帝看她受不住了，就召她回去。"我似乎得到一点儿安慰，睁开眼睛，看见风正从树林里穿过。

我摇车离开那儿，在街上瞎逛，不想回家。

母亲去世后，我们搬了家。我很少再到母亲住过的那个小院儿去。小院儿在一个大院儿的尽里头，我偶尔摇车到大院儿去坐坐，但不愿意去那个小院儿，推说手摇车进去不方便。院儿里的老太太们还都把我当儿孙看，尤其想到我又没了母亲，但都不说，光扯些闲话，怪我不常去。我坐在院子当中，喝东家的茶，吃西家的瓜。有一年，人们终于又提到母亲："到小院儿去看看吧，你妈种的那棵合欢树今年开花了！"我心里一阵抖，还是推说手摇车进出太不易。大伙儿就不再说，忙扯些别的，说起我们原来住的房子里现在住了小两口，女的刚生了个儿子，孩子不哭不闹，光是瞪着眼睛看窗户上的树影儿。

我没料到那棵树还活着。那年，母亲到劳动局去给我找工作，回来时在路边挖了一棵刚出土的"含羞草"，以为是含羞草，种在花盆里长，竟是一棵合欢树。母亲从来喜欢那些东西，但当时心思全在别处。第二年合欢树没有发芽，母亲叹息了一回，还不舍得扔掉，依然让它长在瓦盆里。第三年，合欢树却又长出叶子，而且茂盛了。母亲高兴了很多天，以为那是个好兆头，常去侍弄它，不敢再大意。又过一年，她把合欢树移出盆，栽在窗前的地上，有时念叨，不知道这种树几年才开花。再过一年，我们搬了家，悲痛弄得我们都把那棵小树忘记了。

与其在街上瞎逛，我想，不如就去看看那棵树吧。我也想再看看母亲住过的那间房。我老记着，那儿还有个刚来到世上的孩子，不哭不闹，瞪着眼睛看树影儿。是那棵合欢树的影子吗？小院儿里只有那棵树。

院儿里的老太太们还是那么欢迎我，东屋倒茶，西屋点烟，送到我眼前。大伙儿都不知道我获奖的事，也许知道，但不觉得那很重要；还是都问我的腿，问我是否有了正式工作。这回，想摇车进小院儿真是不能了。家家门前的小厨房都扩大，过道窄到一个人推自行车进出也要侧身。我问起那棵合欢树。大伙儿说，年年都开花，长到房高了。这么说，我再看不见它了。我要是求人背我去看，倒也不是不行。我挺后悔前两年没有自己摇车进去看看。

我摇着车在街上慢慢走，不急着回家。人有时候只想独自静静地待一会儿。悲伤也成享受。

有一天那个孩子长大了，会想起童年的事，会想起那些晃动的树影儿，会想起他自己的妈妈。他会跑去看看那棵树。但他不会知道那棵树是谁种的，是怎么种的。

1985 年

孙姨和梅娘

柳青的母亲，我叫她孙姨，曾经和现在都这样叫。这期间，有一天我忽然知道了，她是三四十年代一位很有名的作家——梅娘。

最早听说她，是在一九七二年底。那时我住在医院，已是寸步难行；每天唯两个盼望，一是死，一是我的同学们来看我。同学们都还在陕北插队，快过年了，纷纷回到北京，每天都有人来看我。有一天，他们跟我说起了孙姨。

"谁是孙姨？"

"瑞虎家的亲戚，一个老太太。"

"一个特棒的老太太，五七年的右派。"

"右派？"

"现在她连工作都没有。"

好在那时我们对右派已经有了理解。时代正走到接近巨变的时刻了。

"她的女儿在外地，儿子病在床上好几年了。"

"她只能在外面偷偷地找点儿活儿干，养这个家，还得给儿子治病。"

"可是邻居们都说，从来也没见过她愁眉苦脸唉声叹气。"

"瑞虎说，她要是愁了，就一个人在屋里唱歌。"

"等你出了院，可得去见见她。"

"保证你没见过那么乐观的人。那老太太比你可难多了。"

我听得出来，他们是说"那老太太比你可坚强多了"。我知道，同学们在想尽办法鼓励我，刺激我，希望我无论如何还是要活下去。但这一回他们没有夸张，孙姨的艰难已经到了无法夸张的地步。

那时我们都还不知道她是梅娘，或者不如说，我们都还不知道梅娘是谁；我们这般年纪的人，那时对梅娘和梅娘的作品一无所知。历史常就是这样被割断着、湮灭着。梅娘好像从不存在。一个人，生命中最美丽的时光竟似消散得无影无踪。一个人丰饶的心魂，竟可以沉默到无声无息。

两年后我见到孙姨的时候，历史尚未苏醒。

某个星期天，我摇着轮椅去瑞虎家——东四六条流水巷，一条狭窄而曲折的小巷，巷子中间一座残损陈旧的三合院。我的轮椅进不去，我把瑞虎叫出来。春天，不冷了，近午时分阳光尤其明媚，我和瑞虎就在他家门前的太阳地里聊天。那时的北京处处都很安静，巷子里几乎没人，唯鸽哨声时远时近，或者还有一两声单调且不知疲倦的叫卖。这时，沿街墙，在墙阴与阳光的交界处，走来一个老太太，尚未走近时她已经朝我们笑了。瑞虎说这就是孙姨。瑞虎再要介绍我时，孙姨说："甭了，甭介绍了，我早都猜出来了。"她嗓音敞亮，步履轻捷，说她是老太太实在是因为没有更恰当的称呼吧；转眼间她已经站在我身后抚着我的肩膀了。那时她五十多接近六十岁，头发黑而且茂密，只是脸上的皱纹又多又深，刀刻的一样。她问我的病，问我平时除了写写还干点儿什么。她知道我正在学着写小说，但并不给我很多具体的指点，只对我说："写作这东西最是不能急的，有时候要等待。"倘是现在，我一定就能听出她是个真正的内行了；二十多年过去，现在要是让我给初学写作的人一点儿忠告，我想也是这句话。她并不多说的原因，还有，就是仍不想让人知道那个云遮雾罩的梅娘吧。

她跟我们说笑了一会儿，拍拍我的肩说"下午还有事，我得做饭去了"，说罢几步跳上台阶走进院中。瑞虎说，她刚在街道上干完活回来，下午还得去一户人帮忙呢。"帮什么忙？""其实就是当保姆。""当保姆？孙姨？"瑞虎说就这还得瞒着呢，所以她就到离家很远的地方去当保姆，越远越好，要不人家知道了她的历史，谁还敢雇她？

她的什么历史？瑞虎没说，我也不问。那个年代的人都懂得，话说到这儿最好止步；历史，这两个字，可能包含着任何你想得到和想不到的危险，可能给你带来任何想得到和想不到的灾难。一说起那个时代，就连"历史"这两个字的读音都会变得阴沉、压抑。以至于我写到这儿，再从记忆中去看那条小巷，不由得已是另外的景象——阳光暗淡下去，鸽子瑟缩地蹲在灰暗的屋檐上，春天的风卷起尘土，卷起纸屑，卷起那不死不活的叫卖声在小巷里流窜；倘这时有一两个伛背弓腰的老人在奋力地打扫街道，不用问，那必是"黑五类"，比如右派，比如孙姨。

其实孙姨与瑞虎家并不是亲戚，孙姨和瑞虎的母亲是自幼的好友。孙姨住在瑞虎家隔壁，几十年中两家人过得就像一家。曾经瑞虎家生活困难，孙姨经常给他们援助，后来孙姨成了右派，瑞虎的父母就照顾着孙姨的孩子。这两家人的情谊远胜过亲戚。

我见到孙姨的时候她的儿子刚刚去世。孙姨有三个孩子，一儿两女。小女儿早在她劳改期间就已去世。儿子和小女儿得的是一样的病，病的名称我曾经知道，现在忘了，总之在当时是一种不治之症。残酷的是，这种病总是在人二十岁上下发作。她的一儿一女都是活蹦乱跳地长到二十岁左右，忽然病倒，虽四处寻医问药，但终告不治。这样的母亲可怎么当啊！这样的孤单的母亲可是怎么熬过来的呀！这样的在外面受着歧视、回到家里又眼睁睁地看着一对儿女先后离去的母亲，她是靠着什么活下来的呢？靠她独自的歌声？靠那独自的歌声中的怎样的信念啊！我真的不敢想象，到现在也不敢问。要知道，那时候，没有谁能预见到右派终有一天能被平反啊。

如今，我经常在想起我的母亲的时候想起孙姨。我想起我的母亲在地坛里寻找我，不由得就想起孙姨，那时她在哪儿并且寻找着什么呢？我现在也已年过半百，才知道，这个年纪的人，心中最深切的祈盼就是家人的平安。于是我越来越深地感受到了我的母亲当年的苦难，从而越来越多地想到孙姨的当年，她的苦难唯加倍地深重。

我想，无论她是怎样一个坚强而具传奇色彩的女性，她的大女儿一定是她决心活下去并且独自歌唱的原因。

她的大女儿叫柳青。毫不夸张地说，她是我写作的领路人。并不是说我的写作已经多么好，或者已经能够让她满意，而是说，她把我领上了这条路，经由这条路，我的生命才在险些枯萎之际豁然地有了一个方向。

一九七三年夏天我出了医院，坐进了终身制的轮椅，前途根本不能想，能想的只是这终身制终于会怎样结束。这时候柳青来了。她跟我聊了一会儿，然后问我："你为什么不写点儿什么呢？我看你是有能力写点儿什么的。"那时她在长影当导演，于是我就迷上了电影，开始写电影剧本。用了差不多一年时间，我写了三万自以为可以拍摄的字，柳青看了说不行，说这离能够拍摄还差得远。但她又说："不过我看你行，依我的经验看你肯定可以干写作这一行。"我看她不像是哄我，便继续写，目标只有一个——有一天我的名字能够出现在银幕上。我差不多是写一遍寄给柳青看一遍，直到有一天她告诉我："这一稿真的不错，我给叶楠看了他也说还不错。"我记得这使我第一次有了自信，并且从那时起，彩蛋也不画了，外语也不学了，一心一意地只想写作了。

大约就是这时，我知道了孙姨是谁，梅娘是谁；梅娘是一位著名老作家，并且同时就是那个给人当保姆的孙姨。

又过了几年，梅娘的书重新出版了，她送给我一本，并且说"现在可是得让你给我指点指点了"，说得我心惊胆战。不过她是诚心诚意这样说的。她这样说时，我第一次听见她叹气，叹气之后是短暂的沉默。那沉默中必上演着梅娘几十年的坎坷与苦难，必上演着中国几十年的坎坷与苦难。往事如烟，年轻的梅娘已是耄耋之年了，这中间，她本来可以有多少作品问世呀。

现在，柳青定居在加拿大。柳青在那儿给孙姨预备好了房子，预备好了一切，孙姨去过几次，但还是回来。那儿青天碧水，那儿绿草如茵，那儿的房子宽敞明亮，房子四周是果园，空气干净得让你想大口大口地吃它。孙姨说那儿真是不错，但她还是回来。

她现在一个人住在北京。我离她远，又行动不便，不能去看她，不知道她每天都做些什么。有两回，她打电话给我，说见到一本日文刊物上有评论我的小说的文章，"要不要我给你翻译出来"？再过几天，她就寄来了译文，手写的，一笔一画，字体工整，文笔老到。

瑞虎和他的母亲也在国外。瑞虎的姐姐时常去看看孙姨，帮助做点儿家务事。我问她："孙姨还好吗？"她说："老了，到底是老了呀，不过脑子还是那么清楚，精神头旺着呢！"

B 老师

　　B 老师应该有六十岁了。他高中毕业来到我们小学时，我正上二年级。小学，都是女老师多，来了个男老师就引人注意。引人注意还因为他总穿一身褪了色的军装；我们还当他是转业军人，其实不是，那军装有可能是抗美援朝的处理物资。

　　因为那身军装，还因为他微微地有些驼背，很少有人能猜准 B 老师的年龄。"您今年三十几？"或者："有四十吗，您？"甚至："您面老，其实您超不过五十岁。"对此 B 老师一概以微笑作答，不予纠正。

　　他教我们美术、书法，后来又教历史。大概是因为年轻，且多才多艺，他又做了我们的大队总辅导员。

　　自从他当了总辅导员，我记得，大队日过得开始正规；出旗，奏乐，队旗绕场一周，然后各中队报告人数，唱队歌，宣誓，各项仪式一丝不苟。队旗飘飘，队鼓咚咚，我们感到了从未有过的庄严。B 老师再举起拳头，语气昂扬："准备着，为共产主义事业而奋斗！"孩子们齐声应道："时刻准备着！"那一刻蓝天白云，大伙儿更是体会了神圣与骄傲。

自从他当了总辅导员，大队室也变得整洁、肃穆。"星星火炬"挂在主席像的迎面。队旗、队鼓陈列一旁。四周的墙上是五颜六色的美术字，"好好学习天天向上"一类。我们几个大队委定期在那儿开会，既知重任在肩，却又无所作为。

B老师要求我们"深入基层"，去各中队听取群众意见。于是乎，学习委员、劳动委员、文体委员、卫生委员，以及我这个宣传委员，一干人马分头行动。但群众的意见通常一致：没什么意见。

宣传委员负责黑板报。我先在版头写下三个美术字：黑板报（真是废话）。再在周围画上花边。内容呢，无非是"好人好事""表扬与批评"，以及从书上摘来的"雷锋日记"，或从晚报上抄录的谜语。两块黑板，一周一期，都靠礼拜日休息时写满。

春天，我们在校园里种花。同学们从家里带来种子，撒在楼前楼后的空地上。B老师钉几块木牌，写上字，插在松软的土地上：让祖国变成美丽的大花园。

秋天我们收获向日葵和蓖麻。虽然葵花瘦小，蓖麻子也只一竹篓，但仪式依然庄重。这回加了一项内容：由一位漂亮的女大队委念一篇献词。然后推选出几个代表，捧起葵花和竹篓，队旗引路，去献给祖国。祖国在哪儿？曾是我很久的疑问。

那时的日子好像过得特别饱满、色彩斑斓，仿佛一条充盈的溪水，顾自欢欣地流淌，绝不以为梦想与实际会有什么区别。

B老师也这样，算来那时他也只有二十一二岁，单薄的身体里仿佛有着发散不完的激情。

"五一"节演节目，他扮成一棵大树，我们扮成各色花朵。他站在我们中间，贴一身绿纸，两臂摇呀摇呀似春风吹拂，于是我们纷纷开放。他的嗓音圆润、高亢："啊，春天来了，山也绿了，水也蓝了。看呀孩子们，远处的浓烟那是什么？"花朵们回答："是工厂里炉火熊熊！是田野上烧荒播种！是时代的车轮滚滚向前！""想想吧，桃花，杏花和梨花，你们要为这伟大的时代做些什么？""努力学习，健康成长，为人类贡献甘甜的果实！"

新年又演节目，这回他扮成圣诞老人——不知从哪儿借来一件老皮袄，再用棉花贴成胡子，脚下是一双红色的女式雨靴。舞台灯光忽然熄灭，再亮时圣诞老人从天而降。孩子们拥上前去。圣诞老人说："猜猜孩子们，我给你们带来了什么礼物？"有猜东的，有猜西的，圣诞老人说："不对都不对，我给你们送来了共产主义的宏伟蓝图！"——这台词应该说设计不俗，可是坏了，共产主义蓝图怎么是圣诞老人送来的呢？又岂可从天而降？在当时，大约学校里批评一下也就作罢，可据说后来，"文革"中，这台词与B老师的出身一联系，便成了他的一条大罪。

B老师的相貌，怎么说呢？在我的印象里有些混乱。倒不是说他长得不够有特点，而是因为众人多以为他丑——脖子过于细长，喉结又太突出；可我无论如何不能苟同。当然我也不能不顾事实一定说他漂亮，故在此问题上我态度暧昧。比如"白鸡脖"这外号在同学中早有流传，但我自觉自愿地不听，不说，不笑。

实在有人向我问起他的相貌特征，我最多说一句"他很瘦"。

在我看来，他的脖子和他的瘦，再加上那身褪色的军装，使他显得尤其朴素；他的脖子和他的瘦，再加上他的严肃，使他显得格外干练；他的脖子和他的瘦，再加上他的微笑，又让他看起来特别厚道、谦和。

是的，B老师没有缺点——这世界上曾有一个少年就这么看。

我甚至暗自希望，学校里最漂亮的那个女老师能嫁给他。姑且叫她G吧。G老师教音乐，跟B老师年纪相仿，而且也是刚从高中毕业。这不是很好吗？G老师的琴弹得好，B老师的字写得好，G老师会唱歌，B老师会画画，这还有什么可说？何况G老师和B老师都是单身，都在北京没有家，都住在学校。至于相貌嘛，当然应该担心的还是B老师。

可是相貌有什么关系？男人看的是本事。B老师的画真是画得好，在当年的那个少年看来，他根本就是画家。他画雷锋画得特别像。他先画了一幅木刻风格的，这容易，我也画过。他又画了一幅铅笔素描的，这就难些，我画了几次都不成。他又画了一幅水粉的，我知道这有多难，一笔不对就全完，可是他画得无可挑剔。

他的宿舍里，一床、一桌、一个脸盆，此外就只有几管毛笔、一盒颜料、一大瓶墨汁。除了画雷锋，他好像不大画别的；写字也是写雷锋语录，行楷篆隶，写了贴在宿舍的墙上。同学中也有几个爱书法的，写了给他看。B老师未观其字先慕其纸："嗬，生宣！这么贵的纸我总共才买过两张。"

当年的那个少年一直想不懂，才华出众如B老师者，何以没上大学？我问他，他打官腔："雷锋也没上过大学呀，干什么不是革命工作？"我换个方式问："您本来是想学美术的吧？"他苦笑着摇头，终于说漏了："不，学建筑。"我曾以为是他家境贫困，很久以后才知道，是因为出身，他的出身坏得不是一点儿半点儿。

礼拜日我在学校写板报，常见他和G老师一起在盥洗室里洗衣服，一起在办公室里啃烧饼。可是有一天，我看见只剩了B老师一人，他坐办公桌前看书，认真地为自己改善着伙食——两个烧饼换成了一包点心。

"G老师呢？"

"回家了。"

"老家？"

"欸——"他伸手去接一块碎落的点心渣，故这"欸"字拐了一个弯。点心渣到底是没接住，他这才顾上补足后半句，"她在北京有家了。"

"她家搬北京来了？"

B老师笑了，抬眼看我："她结婚了。"

G老师结婚了？跟谁？我自知这不是我应该问的。

B老师继续低头享受他的午餐。

可是，这就完了？就这么简单？那，B老师呢？我愣愣地站着。

B老师说："板报写完了？"

"写完了。"

"那就快回家吧，不早了。"

多年以后我摇了轮椅去看B老师，听别的老师说起他的婚姻，说他三十几岁才结婚，娶了个农村妇女。

"生活嘛，当然是不富裕，俩孩子，一家四口全靠他那点儿工资。"

"不过呢，还过得去。"

"其实呀，曾经有个挺好的姑娘喜欢他，谈了好几年，后来散了。"

"为什么？咳，还说呢！人家没嫌弃他，他倒嫌弃了人家。女方出身也不算好，他说咱俩出身都不好将来可怎么办？他是指孩子，怕将来影响孩子的前途。"

"那姑娘人也好，长得也好，大学毕业。人家瞧上了你，你倒还有条件了！"

"那姑娘还真是瞧上他了，分手时哭得呀……"

"我们所有的老师都劝他，说出身有什么关系？你出身好？"

"你猜他说什么？他说，我要是出身好我干吗不娶她？"

"B老师呀，可真是聪明一世，糊涂一时。"

"要我说呀，他是聪明了一时，糊涂了一世！"

"也不知是赌气还是怎的，他就在农村找了一个。这个出身可真是好极了，几辈子的贫农，可是没文化，你说他们俩坐在一块儿能有多少话说？"

"他肯定还是忘不了先前那个姑娘。大伙儿有时候说起那姑娘，他就躲开。"

"不过现在他也算过得不错，老婆对他挺好，一儿一女也都出息。"

"B老师现在年年都是模范教师，区里的，市里的。"

七几年我见过他一回，那身军装已经淘汰，他穿一件洗得透明的"的确良"，赤脚穿一双塑料凉鞋。

正是"批林批孔""批师道尊严"的年代。他站在楼前的花坛边跟我说话，一群在校的学生从旁走过，冲他喊："白鸡脖，上课啦！"他和颜悦色地说："上课了还不赶紧回教室？"我很想教训教训那帮孩子，B老师劝住我："咳没事，这算什么？"

八几年夏天我又见过他一回，"的确良"换成一件T恤衫，但还是赤脚穿一双塑料凉鞋。这一回，不管是学生还是老师，都恭恭敬敬地叫他B校长了。

"B校长，该走了！"有人催他。

"有个会，我得去。"他跳上自行车，匆匆地走了。

催他去开会的那个老师跟我闲聊。

"B校长入党了，知道吗？"

"怎么，他才入党呀？"在我的印象里B老师早就是党员了。

"是呀，想入党想了一辈子。B校长，好人哪！可世界找不着这么好的人！"

那老师说罢背起手，来回踱步，看天，看地，脸上轮换着有嘲笑和苦笑。

我听出他话里有话，问："怎么了？"

"怎么了？"他站住，"百年不遇，偏巧又赶上涨工资！"

"那怎么了，好事呀？"

"可名额有限，群众评选。你说现在这事儿邪不邪？有人说你老B既然入了党还涨什么工资？你不能两样儿全占着……"

这老师有点儿神经质，话没说完时已然转身撒步，招呼也不打，唯远远地在地上留下一口痰。

消逝的钟声

站在台阶上张望那条小街的时候，我大约两岁多。

我记事早。我记事早的一个标记，是斯大林的死。有一天父亲把一个黑色镜框挂在墙上，奶奶抱着我走近看，说：斯大林死了。镜框中是一个陌生的老头儿，突出的特点是胡子都集中在上唇。在奶奶的涿州口音中，"斯"读三声。我心想，既如此还有什么好说，这个"大林"当然是死的呀？我不断重复奶奶的话，把"斯"读成三声，觉得有趣，觉得别人竟然都没有发现这一点可真是奇怪。多年以后我才知道，那是一九五三年，那年我两岁。

终于有一天奶奶领我走下台阶，走向小街的东端。我一直猜想那儿就是地的尽头，世界将在那儿陷落、消失——因为太阳从那儿爬上来的时候，它的背后好像什么也没有。谁料，那儿更像是一个喧闹的世界的开端。那儿交叉着另一条小街，那街上有酒馆，有杂货铺，有油坊、粮店和小吃摊；因为有小吃摊，那儿成为我多年之中最向往的去处。

那儿还有从城外走来的骆驼队。"什么呀，奶奶？""啊，骆驼。""干吗呢，它们？""驮煤。""驮到哪儿去呀？""驮进城里。"驼铃一路叮零当啷叮零当啷地响，骆驼的大脚蹬起尘土，昂首挺胸目空一切，七八头骆驼不紧不慢招摇过市，行人和车马都给它让路。我望着骆驼来的方向问："那儿是哪儿？"奶奶说："再往北就出城啦。""出城了是哪儿呀？""是城外。""城外什么样儿？""行了，别问啦！"我很想去看看城外，可奶奶领我朝另一个方向走。我说"不，我想去城外"，我说"奶奶我想去城外看看"，我不走了，蹲在地上不起来。奶奶拉起我往前走，我就哭。"带你去个更好玩儿的地方不好吗？那儿有好些小朋友……"我不听，一路哭。

越走越有些荒疏了，房屋零乱，住户也渐渐稀少。沿一道灰色的砖墙走了好一会儿，进了一个大门。啊，大门里豁然开朗完全是另一番景象：大片大片寂静的树林，碎石小路蜿蜒其间。满地的败叶在风中滚动，踩上去吱吱作响。麻雀和灰喜鹊在林中草地上蹦蹦跳跳，坦然觅食。我止住哭声。我平生第一次看见了教堂，细密如烟的树枝后面，夕阳正染红了它的尖顶。

我跟着奶奶进了一座拱门，穿过长廊，走进一间宽大的房子。那儿有很多孩子，他们坐在高大的桌子后面只能露出脸。他们在唱歌。一个穿长袍的大胡子老头儿弹响风琴，琴声飘荡，满屋子里的阳光好像也随之飞扬起来。奶奶拉着我退出去，退到门口。唱歌的孩子里面有我的堂兄，他看见了我们但不走过来，唯努力地唱歌。那样的琴声和歌声我从未听过，宁静又欢欣，一排排古旧的桌椅、沉暗的墙壁、高阔的屋顶也似都活泼起来，与窗外的晴空和树林连成一气。那一刻的感受我终生难忘，仿佛有一股温柔又强劲的风吹透了我的身体，一下子钻进我的心中。后来奶奶常对别人说："琴声一响，这孩子就傻了似的不哭也不闹了。"我多么羡慕我的堂兄，羡慕所有那些孩子，羡慕那一刻的光线与声音，有形与无形。我呆呆地站着，徒然地睁大眼睛，其实不能听也不能看了，有个懵懂的东西第一次被惊动了——那也许就是灵魂吧。后来的事都记不大清了，好像那个大胡子的老头儿走过来摸了摸我的头，然后光线就暗下去，屋子里的孩子都没有了，再后来我和奶奶又走在那片树林里了，还有我的堂兄。堂兄把一个纸袋撕开，掏出一个彩蛋和几颗糖果，说是幼儿园给的圣诞礼物。

这时候，晚祈的钟声敲响了——唔，就是这声音，就是他！这就是我曾听到过的那种缥缥缈缈响在天空里的声音啊！

"它在哪儿呀，奶奶？"

"什么，你说什么？"

"这声音啊，奶奶，这声音我听见过。"

"钟声吗？啊，就在那钟楼的尖顶下面。"

这时我才知道，我一来到世上就听到的那种声音就是这教堂的钟声，就是从那尖顶下发出的。暮色浓重了，钟楼的尖顶上已经没有了阳光。风过树林，带走了麻雀和灰喜鹊的欢叫。钟声沉稳、悠扬、飘飘荡荡，连接起晚霞与初月，扩展到天的深处，或地的尽头……

不知奶奶那天为什么要带我到那儿去，以及后来为什么再也没去过。

不知何时，天空中的钟声已经停止，并且在这块土地上长久地消逝了。

多年以后我才知道，那教堂和幼儿园在我们去过之后不久便都拆除。我想，奶奶当年带我到那儿去，必是想在那幼儿园也给我报个名，但未如愿。

再次听见那样的钟声是在四十年以后了。那年，我和妻子坐了八九个小时飞机，到了地球另一面，到了一座美丽的城市，一走进那座城市我就听见了他。在清洁的空气里，在透彻的阳光中和涌动的海浪上面，在安静的小街，在那座城市的所有地方，随时都听见他在自由地飘荡。我和妻子在那钟声中慢慢地走，认真地听他，我好像一下子回到了童年，整个世界都好像回到了童年。对于故乡，我忽然有了新的理解：人的故乡，并不止于一块特定的土地，而是一种辽阔无比的心情，不受空间和时间的限制；这心情一经唤起，就是你已经回到了故乡。

庙的回忆

据说，过去北京城内的每一条胡同都有庙，或大或小总有一座。这或许有夸张成分。但慢慢回想，我住过以及我熟悉的胡同里，确实都有庙或庙的遗迹。

在我出生的那条胡同里，与我家院门斜对着，曾经就是一座小庙。我见到它时它已改作油坊，庙门、庙院尚无大变，唯走了僧人，常有马车运来大包大包的花生、芝麻，院子里终日磨声隆隆，呛人的油脂味经久不散。推磨的驴们轮换着在门前的空地上休息，打滚儿，大惊小怪地喊叫。

从那条胡同一直往东的另一条胡同中，有一座大些的庙，香火犹存。或者是庵，记不得名字了，只记得奶奶说过那里面没有男人。那是奶奶常领我去的地方，庙院很大，松柏森然。夏天的傍晚不管多么燠热难熬，一走进那庙院立刻就觉清凉，我和奶奶并排坐在庙堂的石阶上，享受晚风和月光，看星星一个一个亮起来。僧尼们并不驱赶俗众，更不收门票，见了我们唯颔首微笑，然后静静地不知走到哪里去了，有如晚风掀动松柏的脂香似有若无。庙堂中常有法事，钟鼓声、铙钹声、木鱼声，噌噌呔呔，那音乐让人心中犹豫。诵经声如无字的伴歌，好像黑夜的愁叹，好像被灼烤了一白天的土地终于得以舒展便油然飘缭起的雾霭。奶奶一动不动地听，但鼓励我去看看。我迟疑着走近门边，只向门缝中望了一眼，立刻跑开。那一眼印象极为深刻。现在想，大约任何声音、光线、形状、姿态，乃至温度和气息，都在人的心底有着先天的响应，因而很多事可以不懂但能够知道，说不清楚，却永远记住。那大约就是形式的力量。气氛或者情绪，整体地袭来，它们大于言说，它们进入了言不可及之域，以致一个五六岁的孩子本能地审视而不单是看见。我跑回到奶奶身旁，出于本能我知道了那是另一种地方，或是通向着另一种地方；比如说树林中穿流的雾霭，全是游魂。奶奶听得入神，摇撼她她也不觉，她正从那音乐和诵唱中回想生命，眺望那另一种地方吧。我的年龄无可回想，无以眺望，另一种地方对一个初来的生命是严重的威胁。我钻进奶奶的怀里不敢看，不敢听也不敢想，唯觉幽冥之气弥漫，月光也似冷暗了。这个孩子生而怯懦，禀性愚顽，想必正是他要来这人间的缘由。

上小学的那一年，我们搬了家，原因是若干条街道联合起来成立了人民公社，公社机关看中了我们原来住的那个院子以及相邻的两个院子，于是他们搬进来我们搬出去。我记得这件事进行得十分匆忙，上午一通知下午就搬，街道干部打电话把各家的主要劳力都从单位里叫回家，从中午一直搬到深夜。这事很让我兴奋，所有要搬走的孩子都很兴奋，不用去上学了，很可能明天和后天也不用上学了，而且我们一齐搬走，搬走之后仍然住在一起。我们跳上运家具的卡车奔赴新家，觉得正有一些动人的事情在发生，有些新鲜的东西正等着我们。可惜路程不远，完全谈不上什么经历新家就到了。不过微微的失望转瞬即逝，我们冲进院子，在所有的屋子里都风似的刮一遍，以主人的身份接管了它们。从未来的角度看，这院子远不如我们原来的院子，但新鲜是主要的，新鲜与孩子天生有缘，新鲜在那样的季节里统统都被推崇，我们才不管院子是否比原来的小或房子是否比原来的破，立刻在横倒竖卧的家具中间捉迷藏，疯跑疯叫，把所有的房门都打开然后关上，把所有的电灯都关上然后打开，爬到树上去然后跳下来，被忙乱的人群撞倒然后自己爬起来，为每一个新发现激动不已，然后看看其实也没什么……最后集体在某一个角落里睡熟，睡得不省人事，叫也叫不应。那时母亲正在外地出差，来不及通知她，几天后她回来时发现家已经变成了公社机关，她在那门前站了很久才有人来向她解释，大意是：不要紧放心吧，搬走的都是好同志，住在哪儿和不住在哪儿都一样是革命需要。

新家所在之地叫"观音寺胡同"，顾名思义那儿也有一座庙。那庙不能算小，但早已破败，久失看管。庙门不翼而飞，院子里枯藤老树荒草藏人。侧殿空空。正殿里尚存几尊泥像，彩饰斑驳，站立两旁的护法天神怒目圆睁但已赤手空拳，兵器早不知被谁夺下扔在地上。我和几个同龄的孩子便捡起那兵器，挥舞着，在大殿中跳上跳下杀进杀出，模仿俗世的战争，朝残圮的泥胎劈砍，向草丛中冲锋，披荆斩棘草叶横飞，大有堂吉诃德之神彩，然后给寂寞的老树"施肥"，擦屁股纸贴在墙上……做尽亵渎神灵的恶事然后鸟儿一样在夕光中回家。很长一段时期那儿都是我们的乐园，放了学不回家先要到那儿去，那儿有发现不完的秘密，草丛中有死猫，老树上有鸟窝，幽暗的殿顶上据说有蛇和黄鼬，但始终未得一见。有时是为了一本小人书，租期紧，大家轮不过来，就一齐跑到那庙里去看，一个人捧着大家围在四周，大家都说看好了才翻页。谁看得慢了，大家就骂他笨，其实都还识不得几个字，主要是看画，看画自然也有笨与不笨之分。或者是为了抄作业，有几个笨主儿作业老是不会，就抄别人的，庙里安全，老师和家长都看不见。佛嘛，心中无佛什么事都敢干。抄者撅着屁股在菩萨眼皮底下紧抄，被抄者则乘机大肆炫耀其优越感，说一句"我的时间不多你要抄就快点儿"，然后故意放大轻松与快乐，去捉蚂蚱、逮蜻蜓，大喊大叫地弹球儿、扇三角，急得抄者流汗，撅起的屁股有节奏地颠，嘴中念念有词，不时扭起头来喊一句："等我会儿嘿！"其实谁也知道，没法等。还有一回专门是为了比赛胆儿大。"晚上谁敢到那庙里去？""这有什么，喊！""有什么？有鬼，你敢去吗？""废话！我早都去过了。""牛×！""嘿，你要不信嘿……今儿晚上就去你敢不敢？""去就去有什么呀，喊！""行，谁不去谁孙子敢不敢？""行，几点？""九点。""就怕那会儿我妈不让我出来。""哎哟喂，不敢就说不敢！""行，九点就九点！"那天晚上我们真的到那庙里去了一回，有人拿了个手电筒，还有人带了把水果刀，好歹算一件武器。我们走进庙门时还是满天星斗，不一会儿天却阴上来，而且起了风。我们在侧殿的台阶上蹲着，挤成一堆儿，不敢动也不敢大声说话，荒草摇摇，老树沙沙，月亮在云中一跳一跳地走。有人说想回家去撒泡尿。有人说撒尿你就到那边撒去呗。有人说别的倒也不怕，就怕是要下雨了。有人说下雨也不怕，就怕一下雨家里人该着急了。有人说一下雨蛇先出来，然后指不定还有什么呢。那个想撒尿的开始发抖，说不光想撒尿这会儿又想屙屎，可惜没带纸。这样，大家渐渐都有了便意，说憋屎憋尿是要生病的，有个人老是憋屎憋尿后来就变成了罗锅儿。大家惊诧道："是吗？那就不如都回家上厕所吧。"可是第二天，那个最先要上厕所的成了唯一要上厕所的，大家都埋怨他，说要不是他我们还会在那儿待很久，说不定就能捉到蛇，甚至可能看看鬼。

有一天，那庙院里忽然出现了很多暗红色的粉末，一堆堆像小山似的，不知道是什么，也想不通到底何用。那粉末又干又轻，一脚踩上去噗的一声到处飞扬，而且从此鞋就变成暗红色再也别想洗干净。又过了几天，庙里来了一些人，整天在那暗红色的粉末里折腾，于是一个个都变成暗红色不说，庙墙和台阶也都变成暗红色，荒草和老树也都变成暗红色，那粉末随风而走或顺水而流，不久，半条胡同都变成了暗红色。随后，庙门前挂出了一块招牌：有色金属加工厂。从此游戏的地方没有了，蛇和鬼不知迁徙何方，荒草被锄净，老树被伐倒，只剩下一团暗红色漫天漫地逐日壮大。再后来，庙堂也拆了，庙墙也拆了，盖起了一座轰轰烈烈的大厂房。那条胡同也改了名字，以后出生的人会以为那儿从来就没有过庙。

　　我的小学，校园本也是一座庙，准确说是一座大庙的一部分。大庙叫柏林寺，里面有很多合抱粗的柏树。有风的时候，老柏树浓密而深沉的响声一浪一浪，传遍校园，传进教室，使吵闹的孩子也不由得安静下来，使朗朗的读书声时而飞扬时而沉落，使得上课和下课的铃声飘忽而悠扬。

　　摇铃的老头，据说曾经就是这庙中的和尚，庙既改作学校，他便还俗做了这儿的看门人，看门兼而摇铃。老头极和蔼，随你怎样摸他的红鼻头和光脑袋他都不恼，看见你不快活他甚至会低下头来给你，说：想摸摸吗？孩子们都愿意到传达室去玩，挤在他的床上，挤得密不透风，没大没小地跟他说笑。上课或下课的时间到了，他摇起铜铃，不紧不慢地在所有的窗廊下走过，目不旁顾，一路都不改变姿势。叮当叮当——叮当叮当——铃声在风中飘摇，在校园里回荡，在阳光里漫散开去，在所有孩子的心中留下难以磨灭的记忆。那铃声，上课时摇得紧张，下课时摇得舒畅，但无论紧张还是舒畅都比后来的电铃有味道，浪漫，多情，仿佛知道你的惧怕和盼望。

但有一天那铃声忽然消失，摇铃的老人也不见了，听说是回他的农村老家去了。为什么呢？据说是因为他仍在悄悄地烧香念佛，而一个崭新的时代应该是无神论的时代。孩子们再走进校门时，看见那铜铃还在窗前，但物是人非，传达室里端坐着一名严厉的老太太，老太太可不让孩子们在她的办公重地胡闹。上课和下课，老太太只在按钮上轻轻一点，电铃于是"哇——哇——"地叫，不分青红皂白，把整个校园都吓得要昏过去。在那近乎残酷的声音里，孩子们懂得了怀念：以往的铃声，它到哪儿去了？唯有一点是确定的，它随着记忆走进了未来。在它飘逝多年之后，在梦中，我常常又听见它，听见它的飘忽与悠扬，看见那摇铃老人沉着的步伐，在他一无改变的面容中惊醒。那铃声中是否早已埋藏下未来，早已知道了以后的事情呢？

多年以后，我二十一岁，插队回来，找不到工作，等了很久还是找不到，就进了一个街道生产组。我在另外的文章里写过，几间老屋尘灰满面，我在那儿一干七年，在仿古的家具上画些花鸟鱼虫、山水人物，每月所得可以糊口。那生产组就在柏林寺的南墙外。其时，柏林寺已改作北京图书馆的一处书库。我和几个同在待业的小兄弟常常就在那面红墙下干活儿。老屋里昏暗而且无聊，我们就到外面去，一边干活一边观望街景，看来来往往的各色人等，时间似乎就轻快了许多。早晨，上班去的人们骑着车，车后架上夹着饭盒，一路吹着口哨，按响车铃，单那姿态就令人羡慕。上班的人流过后，零零散散地有一些人向柏林寺的大门走来，多半提个皮包，进门时亮一亮证件，也不管守门人看不看得清楚便大步朝里面去，那气派更是让人不由得仰望了。并非什么人都可以到那儿去借书和查阅资料的，小D说得是教授或者局级才行。"你知道？""废话！"小D重感觉不重证据。小D比我小几岁，因为小儿麻痹症一条腿比另一条腿短了三厘米，中学一毕业就到了这个生产组；很多招工单位也是重感觉不重证据，小 D 其实什么都能干。我们从早到晚坐在那面庙墙下，眼观六路耳听八方，不用看表也不用看太阳便知此刻何时。一辆串街的杂货车，"油盐酱醋花椒大料洗衣粉"一路喊过来，是上午九点。收买废品的三轮车来时，大约十点。磨剪子磨刀的老头总是星期三到，瞄准生产组旁边的一家小饭馆，"磨剪子来嘿——抢菜刀——"，声音十分洪亮；大家都说他真是糟蹋了，干吗不去唱戏？下午三点，必有一群幼儿园的孩子出现，一个牵定一个的衣襟，咿咿呀呀地唱着，以为不经意走进的这个人间将会多么美好，鲜艳的衣裳彩虹一样地闪烁，再彩虹一样地消失。四五点钟，常有一辆囚车从我们面前开过，离柏林寺不远有一座著名的监狱，据说专门收容小偷。有个叫小德子的，十七八岁没爹没妈，跟我们一起在生产组干过。这小子能吃，有一回生产组不知惹了什么麻烦要请人吃饭，吃客们走后，折箩足足一脸盆，小德子买了一瓶啤酒，坐在火炉前稀里呼噜只用了半小时脸盆就见了底。但是有一天小德子忽然失踪，生产组的大妈大婶们四处打听，才知那小子在外面行窃被逮住了。以后的很多天，我们加倍地注意天黑前那辆囚车，看看里面有没有他：囚车呼啸而过，大家一齐喊"小德子！小德子！"小德子还有一个月工资未及领取。

那时，我仍然没头没脑地相信，最好还是要有一份正式工作，倘能进一家全民所有制单位，一生便有了倚靠。母亲陪我一起去劳动局申请。我记得那地方廊回路转的，庭院深深，大约曾经也是一座庙。什么申请呀简直就像去赔礼道歉，一进门母亲先就满脸堆笑，战战兢兢，然后不管抓住一个什么人，就把她的儿子介绍一遍，保证说这一个坐在轮椅上的孩子其实仍可胜任很多种工作。那些人自然是满口官腔，母亲跑了前院跑后院，从这屋被支使到那屋。我那时年轻气盛，没那么多好听的话献给他们。最后出来一位负责同志，有理有据地给了我们回答："慢慢再等一等吧，全须儿全尾儿的我们这还分配不过来呢！"此后我不再去找他们了。再也不去。但是母亲，直到她去世之前还在一趟一趟地往那儿跑，去之前什么都不说，疲惫地回来时再向她愤怒的儿子赔不是。我便也不再说什么，但我知道她还会去的，她会在两个星期内重新积累起足够的希望。

我在一篇名为《合欢树》的散文中写过，母亲就是在去为我找工作的路上，在一棵大树下，挖回了一棵含羞草；以为是含羞草，越长越大，其实是一棵合欢树。

大约一九七九年夏天，某一日，我们正坐在那庙墙下吃午饭，不知从哪儿忽然走来了两个缁衣落发的和尚，一老一少仿佛飘然而至。"哟？"大家停止吞咽，目光一齐追随他们。他们边走边谈，眉目清朗，步履轻捷，謦笑之间好像周围的一切都变得空阔甚至是虚拟了。或许是我们的紧张被他们发现，走过我们面前时他们特意地颔首微笑。这一下，让我想起了久违的童年。然后，仍然是那样，他们悄然地走远，像多年以前一样不知走到哪里去了。

"不是柏林寺要恢复了吧？"

"没听说呀？"

"不会。那得多大动静呀咱能不知道？"

"八成是北边的净土寺，那儿的房子早就翻修呢。"

"没错儿，净土寺！"小D说，"前天我瞧见那儿的庙门油漆一新，我还说这是要干吗呢。"

大家愣愣地朝北边望。侧耳听时，也并没有什么特殊的声音传来。这时我才忽然想到，庙，已经消失了这么多年了。消失了，或者封闭了，连同那可以眺望的另一种地方。

在我的印象里，就是从那一刻起，一个时代结束了。

傍晚，我独自摇着轮椅去找那小庙。我并不明确为什么要去找它，也许只是为了找回童年的某种感觉？总之，我忽然想念起庙，想念起庙堂的屋檐、石阶、门廊，月夜下庙院的幽静与空荒，香烟细细地飘升，然后破碎。我想念起庙的形式。我由衷地想念起令人犹豫的音乐，也许是那样的犹豫，终于符合了我的已经不太年轻的生命。然而，其实，我并不是多么喜欢那样的音乐。那音乐，想一想也依然令人压抑、惶恐、胆战心惊。但以我已经走过的岁月，我不由得回想，不由得眺望，不由得从那音乐的压力之中听见另一种存在了。我并不喜欢它，譬如不能像喜欢生一样地喜欢死。但是要有它。人的心中，先天就埋藏了对它的响应。响应，什么样的响应呢？在我（这个生性愚顽的孩子！），那永远不会是成就圆满的欣喜，恰恰相反，是残缺明确地显露。眺望越是美好，越是看见自己的丑弱；越是无边，越看到限制。神在何处？以我的愚顽，怎么也想象不出一个无苦无忧的极乐之地。设若确有那样的极乐之地，设若有福的人果真到了那里，然后呢？我总是这样想：然后再往哪儿去呢？心如死水还是再有什么心愿？无论再往哪儿去吧，都说明此地并非圆满。丑弱的人和圆满的神之间，是信者永远的路。这样，我听见，那犹豫的音乐是提醒着一件事：此岸永远是残缺的，否则彼岸就要坍塌。这大约就是佛之慈悲的那一个"悲"字吧。慈呢，便是在这一条无尽无休的路上行走，所要有的持念。

没有了庙的时代结束了。紧跟着，另一个时代到来了，风风火火。北京城内外的一些有名的寺庙相继修葺一新，重新开放。但那更像是寺庙变成公园的开始，人们到那儿去多是游览，于是要收门票，票价不菲。香火重新旺盛起来，但是有些异样。人们大把大把地烧香，整簇整簇的香投入香炉，火光熊熊，烟气熏蒸，人们衷心地跪拜，祈求升迁，祈求福寿，消灾避难，财运亨通……倘今生难为，可于来世兑现，总之祈求佛祖全面的优待。庙，消失多年，回来时已经是一个极为现实的地方了，再没有什么犹豫。

一九六六年春天，我坐了八九个小时飞机，到了很远的地方，地球另一面，一座美丽的城市。一天傍晚，会议结束，我和妻子在街上走，一阵钟声把我们引进了一座小教堂（庙）。那儿有很多教堂，清澈的阳光里总能听见飘扬的钟声。那钟声让我想起小时候我家附近有一座教堂，我站在院子里，最多两岁，刚刚从虚无中睁开眼睛，尚未见到外面的世界先就听见了它的声音，清朗、悠远、沉稳，仿佛响自天上。此钟声是否彼钟声？当然，我知道，中间隔了八千公里并四十几年。我和妻子走进那小教堂，在那儿拍照，大声说笑，东张西望，毫不吝惜地按动快门……这时，我看见一个中年女人独自坐在一个角落，默默地望着前方耶稣的雕像。（后来，在洗印出来的照片中，在我和妻子身后，我又看见了她。）她的眉间似有些愁苦，但双手放松地摊开在膝头，心情又似非常宁静，对我们的喧哗一无觉察，或者是我们的喧哗一点儿也不能搅扰她吧。我心里忽然颤抖——那一瞬间，我以为我看见了我的母亲。

我一直有着一个凄苦的梦，隔一段时间就会在我的黑夜里重复一回：母亲，她并没有死，她只是深深地失望了，对我，或者尤其对这个世界，完全地失望了，困苦的灵魂无处诉告，无以支持，因而她走了，离开我们到很远的地方去了，不再回来。在梦中，我绝望地哭喊，心里怨她："我理解你的失望，我理解你的离开，但你总要捎个信儿来呀，你不知道我们会牵挂你不知道我们是多么想念你吗？"但就连这样的话也无从说给她，只知道她在很远的地方，并不知道她到底在哪儿。这个梦一再走进我的黑夜，驱之不去，我便在醒来时、在白日的梦里为它作一个续：母亲，她的灵魂并未消散，她在幽冥之中注视我并保佑了我多年，直等到我的悬望已在幽冥中与她汇合，她才放了心，重新投生别处，投生在一个灵魂有所诉告的地方了。

我希望，我把这个梦写出来，我的黑夜从此也有了皈依了。

故乡的胡同

　　北京很大，不敢说就是我的故乡。我的故乡很小，仅北京城之一角，方圆大约二里，东和北曾经是城墙，现在是二环路。其余的北京和其余的地球我都陌生。

　　二里方圆，上百条胡同密如罗网，我在其中活到四十岁。编辑约我写写那些胡同，以为简单，答应了，之后发现这岂非是要写我的全部生命？办不到。但我的心神便又走进那些胡同，看它们一条一条怎样延伸怎样连接，怎样枝枝杈杈地漫展，以及怎样曲曲弯弯地隐没。我才醒悟，不是我曾居于其间，是它们构成了我。密如罗网，每一条胡同都是我的一段历史、一种心绪。

　　四十年前，一个男孩艰难地越过一道大门槛，惊讶着四下张望，对我来说胡同就在那一刻诞生。很长很长的一条土路，两侧一座座院门排向东西，红而且安静的太阳悬挂西端。男孩看太阳，直看得眼前发黑，闭一会儿眼，然后顽固地再看太阳。因为我问过奶奶："妈妈是不是就从那太阳里回来？"

奶奶带我走出那条胡同，可能是在另一年。奶奶带我去看病，走过一条又一条胡同，天上地上都是风、被风吹淡的阳光、被风吹得断续的鸽哨声。那家医院就是我的出生地。打完针，号啕之际，奶奶买一串糖葫芦慰劳我，指着医院的一座西洋式小楼说，她就是从那儿听见我来了，我来的那天下着罕见的大雪。

是我不断长大所以胡同不断地漫展呢，还是胡同不断地漫展所以我不断长大？可能是一回事。

有一天母亲领我拐进一条更长更窄的胡同，把我送进一个大门，一眨眼母亲不见了，我正要往门外跑时被一个老太太拉住，她很和蔼但是我哭着使劲挣脱她，屋里跑出来一群孩子，笑闹声把我的哭喊淹没。我头一回离家在外，那一天很长，墙外磨刀人的喇叭声尤其漫漫。这幼儿园就是那老太太办的，都说她信教。

几乎每条胡同都有庙。僧人在胡同里静静地走，回到庙去沉沉地唱，那诵经声总让我看见夏夜的星光。睡梦中我还常常被一种清朗的钟声唤醒，以为是午后阳光落地的震响，多年以后我才找到它的来源。现在俄国使馆的位置，曾是一座东正教堂，我把那钟声和它联系起来时，它已被推倒。那时，寺庙多也消失或改作它用。

我的第一个校园就是往日的寺庙，庙院里松柏森森。那儿有个可怕的孩子，他有一种至今令我惊诧不解的能力，同学们都怕他，他说他第一跟谁好谁就会受宠若惊，说他最后跟谁好谁就会忧心忡忡，说他不跟谁好了谁就像被判离群的鸟儿。因为他，我学会了谄媚和防备，看见了孤独。成年以后，我仍能处处见出他的影子。

十八岁去插队，离开故乡三年。回来双腿残废了，找不到工作，我常独自摇了轮椅一条条再去走那些胡同。它们几乎没变，只是往日都到哪儿去了很费猜解。在一条胡同里我碰见一群老太太，她们用油漆涂抹着美丽的图画，我说我能参加吗？我便在那儿拿到平生第一份工资，我们整日涂抹说笑，对未来抱着过分的希望。

　　母亲对未来的祈祷，可能比我对未来的希望还要多，她在我们住的院子里种下一棵合欢树。那时我开始写作，开始恋爱，爱情使我的心魂从轮椅里站起来。可是合欢树长大了，母亲却永远离开了我，几年爱过我的那个姑娘也远去他乡，但那时她们已经把我培育得可以让人放心了。然后我的妻子来了，我把珍贵的以往说给她听，她说因此她也爱恋着我的这块故土。

　　我单不知，像鸟儿那样飞在不高的空中俯瞰那片密如罗网的胡同，会是怎样的景象？飞在空中而且不惊动下面的人类，看一条条胡同的延伸、连接、枝枝杈杈地漫展以及曲曲弯弯地隐没，是否就可以看见了命运的构造？

1994 年

想念地坛

想念地坛，主要是想念它的安静。

坐在那园子里，坐在不管它的哪一个角落，任何地方，喧嚣都在远处。近旁只有荒藤老树，只有栖居了鸟儿的废殿颓檐、长满了野草的残墙断壁，暮鸦吵闹着归来，雨燕盘桓吟唱，风过檐铃，雨落空林，蜂飞蝶舞草动虫鸣……四季的歌咏此起彼伏从不间断。地坛的安静并非无声。

有一天大雾弥漫，世界缩小到只剩了园中的一棵老树。有一天春光浩荡，草地上的野花铺铺展展开得让人心惊。有一天漫天飞雪，园中堆银砌玉，有如一座晶莹的迷宫。有一天大雨滂沱，忽而云开，太阳轰轰烈烈，满天满地都是它的威光。数不尽的那些日子里，那些年月，地坛应该记得，有一个人，摇了轮椅，一次次走来，逃也似的投靠这一处静地。

一进园门，心便安稳。有一条界线似的，迈过它，只要一迈过它便有清纯之气扑来，悠远、浑厚。于是时间也似放慢了速度，就好比电影中的慢镜，人便不那么慌张了，可以放下心来把你的每一个动作都看看清楚，每一丝风飞叶动，每一缕愤懑和妄想，盼念与惶茫，总之把你所有的心绪都看看明白。

因而地坛的安静，也不是与世隔离。

那安静，如今想来，是由于四周和心中的荒旷。一个无措的灵魂，不期而至竟仿佛走回到生命的起点。

记得我在那园中成年累月地走，在那儿呆坐，张望，暗自地祈求或怨叹，在那儿睡了又醒，醒了看几页书……然后在那儿想："好吧好吧，我看你还能怎样！"这念头不觉出声，如空谷回音。

谁？谁还能怎样？我，我自己。

我常看那个轮椅上的人和轮椅下他的影子，心说我怎么会是他呢？怎么会和他一块儿坐在了这儿？我仔细看他，看他究竟有什么倒霉的特点，或还将有什么不幸的征兆，想看看他终于怎样去死，赴死之途莫非还有绝路？那日何日？我记得忽然我有了一种放弃的心情，仿佛我已经消失，已经不在，唯一缕轻魂在园中游荡，刹那间清风朗月，如沐慈悲。于是乎我听见了那恒久而辽阔的安静。恒久，辽阔，但非死寂，那中间确有如林语堂所说的，一种"温柔的声音，同时也是强迫的声音"。

我记得于是我铺开一张纸，觉得确乎有些什么东西最好是写下来。那日何日？但我一直记得那份忽临的轻松和快慰，也不考虑词句，也不过问技巧，也不以为能拿它去派什么用场，只是写，只是看有些路单靠腿（轮椅）去走明显是不够。写，真是个办法，是条条绝路之后的一条路。

　　只是多年以后我才在书上读到了一种说法：写作的零度。

　　《写作的零度》，其汉译本实在是有些磕磕绊绊，一些段落只好猜读，或难免还有误解。我不是学者，读不了罗兰·巴特的法文原著应当不算是玩忽职守。是这题目先就吸引了我，这五个字，已经契合了我的心意。在我想，写作的零度即生命的起点，写作由之出发的地方即生命之固有的疑难，写作之终于的寻求，即灵魂最初的眺望。譬如那一条蛇的诱惑，以及生命自古而今对意义不息的询问。譬如那两片无花果叶的遮蔽，以及人类以爱情的名义、自古而今的相互寻找。譬如上帝对亚当和夏娃的惩罚，以及万千心魂自古而今所祈盼着的团圆。

　　"写作的零度"，当然不是说清高到不必理睬纷繁的实际生活，洁癖到把变迁的历史虚无得干净，只在形而上寻求生命的解答。不是的。但生活的谜面变化多端，谜底却似亘古不变，缤纷错乱的现实之网终难免编织进四顾迷茫，从而编织到形而上的询问。人太容易在实际中走失，驻足于路上的奇观美景而忘了原本是要去哪儿，倘此时灵机一闪，笑遇荒诞，恍然间记起了比如说罗伯-格里耶的《去年在马里昂巴》，比如说贝克特的《等待戈多》，那便是回归了"零度"，重新过问生命的意义。零度，这个词真用得好，我愿意它不期然地还有着如下两种意思：一是说生命本无意义，零嘛，本来什么都没有；二是说，可平白无故地生命他来了，是何用意？虚位以待，来向你要求意义。一个生命的诞生，便是一次对意义的要求。荒诞感，正就是这样地要求。所以要看重荒诞，要善待它。不信等着瞧，无论何时何地，必都是荒诞领你回到最初的眺望，逼迫你去看那生命固有的疑难。

　　否则，写作，你寻的是什么根？倘只是炫耀祖宗的光荣，弃心魂一向的困惑于不问，岂不还是阿Q的传统？倘写作变成潇洒，变成了身份或地位的投资，它就不要嘲笑喧嚣，它已经加入喧嚣。尤其，写作要是爱上了比赛、擂台和排名榜，它就更何必谴责什么"霸权"？它自己已经是了。我大致看懂了排名的用意：时不时地抛出一份名单，把大家排比得就像是梁山泊的一百零八，被排者争风吃醋，排者乘机拿走的是权力。可以玩味的是，这排名之妙，商界倒比文坛还要醒悟得晚些。

这又让我想起我曾经写过的那个可怕的孩子。那个矮小瘦弱的孩子，他凭什么让人害怕？他有一种天赋的诡诈——只要把周围的孩子经常地排一排座次，他凭空地就有了权力。"我第一跟谁好，第二跟谁好……第十跟谁好"和"我不跟谁好"，于是，欢欣者欢欣地追随他，苦闷者苦闷着还是去追随他。我记得，那是我很长一段童年时光中恐惧的来源，是我的一次写作的零度。生命的恐惧或疑难，在原本干干净净的眺望中忽而向我要求着计谋；我记得我的第一个计谋，是阿谀。但恐惧并未因此消散，疑难却因此更加疑难。我还记得我抱着那只用于阿谀的破足球，抱着我破碎的计谋，在夕阳和晚风中回家的情景……那又是一次写作的零度。零度，并不只有一次。每当你立于生命固有的疑难，立于灵魂一向的祈盼，你就回到了零度。一次次回到那儿正如一次次走进地坛，一次次投靠安静，走回到生命的起点，重新看看，你到底是要去哪儿？是否已经偏离亚当和夏娃相互寻找的方向？

想念地坛，就是不断地回望零度。放弃强力，当然还有阿谀。现在可真是反了——面要面霸，居要豪居，海鲜称帝，狗肉称王，人呢？名人，强人，人物。可你看地坛，它早已放弃昔日荣华，一天天在风雨中放弃，五百年，安静了；安静得草木葳蕤，生气盎然。土地，要你气熏烟蒸地去恭维它吗？万物，是你雕栏玉砌就可以挟持的？疯话。再看那些老柏树，历无数春秋寒暑依旧镇定自若，不为流光掠影所迷。我曾注意过它们的坚强，但在想念里，我看见万物的美德更在于柔弱。"坚强"，你想吧，希特勒也会赞成。世间的语汇，可有什么会是强梁所拒？只有"柔弱"。柔弱是爱者的独信。柔弱不是软弱，软弱通常都装扮得强大，走到台前骂人，退回幕后出汗。柔弱，是信者仰慕神恩的心情，静聆神命的姿态。想想看，倘那老柏树无风自摇岂不可怕？要是野草长得比树还高，八成是发生了核泄漏——听说切尔诺贝利附近有这现象。

我曾写过"设若有一位园神"这样的话，现在想，就是那些老柏树吧；千百年中，它们看风看雨，看日行月走人世更迭，浓荫中唯供奉了所有的记忆，随时提醒着你悠远的梦想。

但要是"爱"也喧嚣，"美"也招摇，"真诚"沦为一句时髦的广告，那怎么办？唯柔弱是爱愿的识别，正如放弃是喧嚣的解剂。人一活脱便要嚣张，天生的这么一种动物。这动物适合在地坛放养些时日——我是说当年的地坛。

回望地坛，回望它的安静，想念中坐在不管它的哪一个角落，重新铺开一张纸吧。写，真是个办法，油然地通向着安静。写，这形式，注定是个人的，容易撞见诚实，容易被诚实揪住不放，容易在市场之外遭遇心中的阴暗，在自以为是时回归零度。把一切污浊、畸形、歧路，重新放回到那儿去检查，勿使伪劣的心魂流布。

有人跟我说，曾去地坛找我，或看了那一篇《我与地坛》去那儿寻找安静。可一来呢，我搬家搬得离地坛远了，不常去了。二来我偶尔请朋友开车送我去看它，发现它早已面目全非。我想，那就不必再去地坛寻找安静，莫如在安静中寻找地坛。恰如庄生梦蝶，当年我在地坛里挥霍光阴，曾屡屡地有过怀疑：我在地坛吗？还是地坛在我？现在我看虚空中也有一条界线，靠想念去迈过它，只要一迈过它便有清纯之气扑面而来。我已不在地坛，地坛在我。

2002 年 5 月 13 日完成

2004 年 2 月 23 日修定

记忆·随想

扶轮问路

坐轮椅竟已坐到了第三十三个年头，用过的轮椅也近两位数了，这实在是件没想到的事。一九八〇年秋天，"肾衰"初发，我问过柏大夫："敝人刑期尚余几何？"她说："阁下争取再活十年。"都是玩笑的口吻，但都明白这不是玩笑——问答就此打住，急忙转移了话题，便是证明。十年，如今已然大大超额了。

那时还不能预见到"透析"的未来。那时的北京城仅限三环路以内。

那时大导演田壮壮正忙于毕业作品，一干年轻人马加一个秃顶的林洪桐老师，选中了拙作《我们的角落》，要把它拍成电视剧。某日躺在病房，只见他们推来一辆崭新的手摇车，要换我那辆旧的，说是把这辆旧的开进电视剧那才真实。手摇车，轮椅之一种，结构近似三轮摩托，唯动力是靠手摇。一样的东西，换成新的，明显值得再活十年。只可惜，出院时新的又换回成旧的，那时的拍摄经费比不得现在。

不过呢，还是旧的好，那是我的二十位同学和朋友的合资馈赠。

其实是二十位母亲的心血——儿女们都还在插队，哪儿来的钱？那轮椅我用了很多年，摇着它去街道工厂干活，去地坛里读书，去"知青办"申请正式工作，在大街小巷里风驰或鼠窜，到城郊的旷野上看日落星出……摇进过深夜，也摇进过黎明，以及摇进过爱情但很快又摇出来。

一九七九年春节，摇着它，柳青骑车助我一臂之力，乘一路北风，我们去《春雨》编辑部参加了一回作家们的聚会。在那儿，我的写作头一回得到认可。那是座古旧的小楼，又窄又陡的木楼梯踩上去"咚咚"作响，一代青年作家们喊着号子把我连人带车抬上了二楼。"斯是陋室"——脱了漆的木地板，受过潮的木墙围，几盏老式吊灯尚存几分贵族味道……大家或坐或站，一起吃饺子，读作品，高谈阔论或大放厥词，真正是一个激情燃烧的年代。

所以，这轮椅殊不可以"断有情"，最终我把它送给了一位更不容易的残哥们儿。其时我已收获几笔稿酬，买了一辆更利远行的电动三轮车。

这电动三轮利于远行不假，也利于把人撂在半道儿。有两回，都是去赴苏炜家的聚会，走到半道儿，一回是链子断了，一回是轮胎扎了。那年代又没有手机，愣愣地坐着想了半晌，只好侧弯下身子去转动车轮，左轮转累了换只手再转右轮。回程时有了救兵，一次是陈建功，一次是郑万隆，骑车推着我走，到家已然半夜。

链子和轮胎的毛病自然好办，机电部分有了问题麻烦就大。幸有三位行家做我的专职维护，先是瑞虎，后是老鄂和徐杰。瑞虎出国走了，后二位接替上。直到现在，我座下这辆电动轮椅——此物之妙随后我会说到——出了毛病，也还是他们三位的事；瑞虎在国外找零件，老鄂和徐杰在国内施工，通过卫星或经由一条海底电缆，配合得无懈可击。

两腿初废时，我曾暗下决心：这辈子就在屋里看书，哪儿也不去了。可等到有一天，家人劝说着把我抬进院子，一见那青天朗照、杨柳和风，决心即刻动摇。又有同学和朋友们常来看我，带来那一个大世界里的种种消息，心就越发地活了，设想着，在那久别的世界里摇着轮椅走一走大约也算不得什么丑事。于是有了平生的第一辆轮椅。那是邻居朱二哥的设计，父亲捧了图纸，满城里跑着找人制作，跑了好些天，才有一家"黑白铁加工部"肯于接受。用材是两个自行车轮、两个万向轮并数根废弃的铁窗框。母亲为它缝制了坐垫和靠背。后又求人在其两侧装上支架，撑起一面木板，书桌、饭桌乃至吧台就都齐备。倒不单是图省钱。现在怕是没人会相信了，那年代连个像样的轮椅都没处买；偶见"医疗用品商店"里有一款，其昂贵与笨重都可谓无比。

我在一篇题为《看电影》的散文中，也说到过这辆轮椅：

> 一夜大雪未停，事先已探知手摇车不准入场（电影院），母亲便推着那辆自制的轮椅送我去……雪花纷纷地还在飞舞，在昏黄的路灯下仿佛一群飞蛾。路上的雪冻成了一道道冰棱子，母亲推得沉重，但母亲心里快乐……母亲知道我正打算写点什么，又知道我跟长影的一位导演有着通信，所以她觉得推我去看这电影是非常必要的，是件大事。怎样的大事呢？我们一起在那条快乐的雪路上跋涉时，谁也没有把握，唯朦胧地都怀着希望。

那一辆自制的轮椅，寄托了二老多少心愿！但是下一辆真正的轮椅来了，母亲却没能看到。

下一辆是《丑小鸭》杂志社送的，一辆正规并且做工精美的轮椅，全身的不锈钢，可折叠，可拆卸，两侧扶手下各有一金色的"福"字。

　　除了这辆轮椅，还有一件也是我多么希望母亲看见的事，她却没能看见：一九八三年，我的小说得了全国奖。

　　得了奖，像是有了点儿资本，这年夏天我被邀请参加了《丑小鸭》的"青岛笔会"。双腿瘫痪后，我才记起了立哲曾教我的"不要脸精神"，大意是：想干事你就别太要面子，就算不懂装懂，哥们儿你也得往行家堆儿里凑。立哲说这话时，我们都还在陕北，十八九岁。"文革"闹得我们都只上到初中，正是靠了此一"不要脸精神"，赤脚医生孙立哲的医道才得突飞猛进，在陕北的窑洞里做了不知多少手术，被全国顶尖的外科专家叹为奇迹。于是乎我便也给自己立个法：不管多么厚脸皮，也要多往作家堆儿里凑。幸而除了两腿不仁不义，其余的器官都还按部就班，便一闭眼，拖累着大伙儿去了趟青岛。

　　参照以往的经验，我执意要连人带那辆手摇车一起上行李车厢，理由是下了火车不也得靠它？其时全中国的出租车也未必能超过百辆。树生兄便一路陪伴。谁料此一回完全不似以往（上一次是去北戴河，下了火车由甘铁生骑车推我到宾馆），行李车厢内货品拥塞，密不透风，树生心脏本已脆弱，只好于一路挥汗谈笑之间频频吞服"速效救心丸"。

　　回程时我也怕了，托运了轮椅，随众人去坐硬座。进站口在车头，我们的车厢在车尾；身高马大的树生兄背了我走，先还听他不紧不慢地安慰我，后便只闻其风箱似的粗喘。待找到座位，偌大一个刘树生竟似只剩下了一张煞白的脸。

　　《丑小鸭》不知现在还有没有？那辆"福"字牌轮椅，理应归功其首任社长胡石英。见我那手摇车抬上抬下着实不便，他自言自语道："有没有更轻便一点儿的？也许我们能送他一辆。"瞌睡中的刘树生急忙弄醒自己，接过话头儿："行啊，这事儿交给我啦，你只管报销就是。"

胡石英欲言又止——那得多少钱呀，他心里也没底。那时铁良还在医疗设备厂工作，说正有一批中外合资的轮椅在试生产，好是好，就是贵。树生又是那句话："行啊，这事儿交给我啦，你去买来就是。"买来了，四百九十五块，八三年呀！据说胡社长盯着发票不断地咋舌。

　　这辆"福"字牌轮椅，开启了我走南闯北的历史。其实是众人推着、背着、抬着我，去看中国。先是北京作协的一群哥们儿送我回了趟陕北，见了久别的"清平湾"。后又有洪峰接我去长春领了个奖，父亲年轻时在东北林区待了好些年，所以沿途的大地名听着都耳熟。马原总想把我弄到西藏去看看，我说：下了飞机就有火葬场吗？吓得他只好请我去了趟沈阳。王安忆和姚育明推着我逛淮海路，是在一九八八年，那时她们还不知道，所谓"给我妹妹挑件羊毛衫"其实是借口，那时我又一次摇进了爱情，并且至今没再摇出来。少功、建功还有何立伟等一大群人，更是把我抬上了南海舰队的鱼雷快艇。仅于近海小试风浪，已然触到了大海的威猛——那波涛看似柔软，一旦颠簸其间，竟是石头般的坚硬。又跟着郑义兄走了一回五台山，在"佛母洞"前汽车失控，就要撞下山崖时被一块巨石挡住。大家都说"这车上必有福将"，我心说是我呀，没见轮椅上那个"福"字？一九九六年迈平请我去斯德哥尔摩开会，算是头一回见了外国。飞机缓缓降落时，我心里油然地冒出句挺有学问的话：这世界上果真是有外国呀！转年立哲又带我走了差不多半个美国，那时双肾已然怠工，我一路挣扎着看：大沙漠、大峡谷、大瀑布、大赌城……立哲是学医的，笑嘻嘻地闻一闻我的尿说："不要紧，味儿挺大，还能排毒。"其实他心里全明白。他所以急着请我去，就是怕我一旦"透析"就去不成了。他的哲学一向是：命，干吗用的？单是为了活着？

　　说起那辆"福"字轮椅就要想起的那些人呢？如今都老了，有的已经过世。大伙儿推着、抬着、背着我走南闯北的日子，都是回忆了。这辆轮椅，仍然是不可"断有情"的印证。我说过，我的生命密码根本是两条：残疾与爱情。

　　如今我也是年近花甲了，手摇车是早就摇不动了，"透析"之后连一般的轮椅也用着吃力。上帝见我需要，就又把一种电动轮椅泊来眼前，临时寄存在王府井的医疗用品商店。妻子逛街时看见了，标价三万五。她找到代理商，砍价，不知跑了多少趟。两万九？两万七？两万六，不能再低啦小姐。好吧好吧，希米小姐偷着笑：你就是一分不降我也是要买的！这东西有趣，狗见了转着圈地冲它喊，孩子见了总要问身边的大人：它怎么自己会走呢？据说狗的智力相当于四五岁的孩子，他们都还不能把这椅子看成是一辆车。这东西才真正是给了我自由：居家可以乱窜，出门可以独自疯跑，跳舞也行，打球也行，给条坡道就能上山。舞我是从来不会跳。球呢，现在也打不好了，再说也没对手——会的嫌我烦，不会的我烦他。不过呢，时隔三十几年我居然上了山——昆明湖畔的万寿山。
　　谁能想到我又上了山呢！
　　谁能相信，是我自己爬上了山的呢！
　　坐在山上，看山下的路，看那浩瀚并喧嚣着的城市，想起梵高给提奥的信中有这样的话：

　　　　"我是地球上的陌生人，（这儿）隐藏了对我的很多要求"，"实际上我们穿越大地，我们只是经历生活"，"我们从遥远的地方来，到遥远的地方去……我们是地球上的朝拜者和陌生人"。

　　坐在山上，看远处天边的风起云涌，心里有了一句诗：嗨，希米，希米/我怕我是走错了地方呢/谁想却碰见了你！——若把梵高的那些话加在后面，差不多就是一首完整的诗了。

坐在山上，眺望地坛的方向，想那园子里"有过我的车辙的地方也都有过母亲的脚印"；想那些个"又是雾罩的清晨，又是骄阳高悬的白昼……"想那些个"在老柏树旁停下，在草地上在颓墙边停下，又是处处虫鸣的午后，又是鸟儿归巢的傍晚……"想我曾经的那些个："我用纸笔在报刊上碰撞开的一条路，并不就是母亲盼望我找到的那条路……母亲盼望我找到的那条路到底是什么？"

有个回答突然跳来眼前：扶轮问路。是呀，这五十七年我都干了些什么？——扶轮问路，扶轮问路啊！但这不仅仅是说，有个叫史铁生的家伙，扶着轮椅，在这颗星球上询问过究竟。也不只是说，史铁生——这一处陌生的地方，如今我已经弄懂了他多少。更是说，譬如"法轮常转"，那"轮"与"转"明明是指示着一条无限的路途——无限的悲怆与"有情"，无限的蛮荒与惊醒……以及靠着无限的思问与祈告，去应和那存在之轮的无限之转！尼采说"要爱命运"。爱命运才是至爱的境界。"爱命运"既是爱上帝——上帝创造了无限种命运，要是你碰上的这一种不可心，你就恨他吗？"爱命运"也是爱众生——设若那一种不可心的命运轮在了别人，你就会松一口气怎的？而梵高所说的"经历生活"，分明是在暗示：此一处陌生的地方，不过是心魂之旅中的一处景观、一次际遇，未来的路途一样还是无限之问。

2007 年 11 月 20 日

散文三篇（节选）

玩具

我有生的第一个玩具是一只红色的小汽车，铁皮轧制的外壳非常简单，有几个窗但没有门，从窗口望见一个惯性轮，把后车轮在地上摩擦几下便能"嗷嗷——"地跑。我现在还听得见它的声音。我不记得它最终是怎样离开我的了，有时候我设想它现在在哪儿，或者它现在变成了什么存在于何处。

但是我记得它是怎样来的。那天可谓双喜临门，母亲要带我去北海玩，并且说舅舅要给我买那样一只小汽车。母亲给我扣领口上的纽扣时，我记得心里充满庄严，在那之前和在那之后很久，我不知道世上还有比那小汽车更美妙更奢侈的玩具。到了北海门前，东张西望并不见舅舅的影。我提醒母亲："舅舅是不是真的要给我买个小汽车？"母亲说："好吧，你站在这儿等着，别动，我一会儿就回来。"母亲就走进旁边的一排老屋。我站在离那排老屋几米远的地方张望，可能就从这时，那排老屋绿色的门窗、红色的梁柱和很高很高的青灰色台阶，走进了我永不磨灭的记忆。独自站了一会儿我忽然醒悟，那是一家商

我二十一岁那年 | 169

店，可能舅舅早已经在里面给我买小汽车呢，我便走过去，爬上很高很高的台阶。屋里人很多，到处都是腿，我试图从拥挤的腿之间钻过去靠近柜台，但每一次都失败，刚望见柜台就又被那些腿挤开。那些腿基本上是蓝色的，不长眼睛。我在那些蓝色的旋涡里碰来转去，终于眼前一亮，却发现又站在商店门外了。不见舅舅也不见母亲，我想我还是站到原来的地方去吧，就又爬下很高很高的台阶，远远地望那绿色的门窗和红色的梁柱。一眨眼，母亲不知从哪儿来了，手里托着那只小汽车。我便有生第一次摸到了它，才看清它有几个像模像样的窗但是没有门——对此我一点儿都没失望，只是有过一秒钟的怀疑和随后好几年的设想，设想它应该有怎样一个门才好。我是一个容易惭愧的孩子，抱着那只小汽车觉得不应该只是欢喜。我问："舅舅呢？他怎么还不出来？"母亲愣一下，随我的目光向那商店高高的台阶上张望，然后笑了说："不，舅舅没来。""不是舅舅给我买的吗？""是舅舅给你买的。""可他没来吗？""他给我钱，让我给你买。"这下我听懂了，我说："是舅舅给的钱，是您给我买的对吗？""对。""那您为什么说是舅舅给我买的呢？""舅舅给的钱，就是舅舅给你买的。"我又糊涂了："可他没来他怎么买呢？"那天在北海的大部分时间，母亲都在给我解释为什么这只小汽车是舅舅给我买的。我听不懂，无论母亲怎样解释我绝不能理解。甚至在以后的好几年中我依然冥顽不化固执己见，每逢有人问到那只小汽车的来历，我坚持说："我妈给我买的。"或者再补充一句："舅舅给的钱，我妈进到那排屋子里去给我买的。"

对，那排屋子：绿色的门窗，红色的柱子，很高很高的青灰色台阶。我永远不会忘。惠特曼的一首诗中有这样一段：

> 有一个孩子逐日向前走去；/他看见最初的东西，他就倾向那
> 东西；/于是那东西就变成了他的一部分，在那一天，或在那一天

的某一部分，/或继续了好几年，或好几年结成的伸展着的好几个时代。

正是这样，那排老屋成了我的一部分。很多年后，当母亲和那只小汽车都已离开我，当童年成为无比珍贵的回忆之时，我曾几次想再去看看那排老屋。可是非常奇怪，我找不到它。它孤零且残缺地留在我的印象里，绿色的门窗、红色的梁柱和高高的台阶……但没有方位没有背景周围全是虚空。我不再找它。空间中的那排屋子可能已经拆除，多年来它只作为我的一部分存在于我的时间里。

但是有一天我忽然发现了它。事实上我很多次就从它旁边走过，只是我从没想到那可能就是它。它的台阶是那样矮，以致我从来没把它放在心上。但那天我又去北海，在它跟前偶尔停留，见一个三四岁的孩子往那台阶上爬，他吃力地爬甚至手脚并用。我猛然醒悟，这么多年我竟忘记了一个最简单的逻辑：那台阶并不随着我的长高而长高。这时我才仔细打量它。绿色的门窗，对，红色的柱子和青灰色的台阶，对，是它，理智告诉我那应该就是它。心头一热，无比的往事瞬间涌来。我定定神退后几米，相信退到了当年的位置并像当年那样张望越久它越陌生，眼前的它与记忆中的它相去越远。从这时起，那排屋子一分为二，成为我的两部分，大不相同甚至完全不同的两部分。那么，如果我写它，我应该按照哪一个呢？我开始想：真实是什么。设若几十年后我老态龙钟再来看它，想必它会二分为三成为我生命的三部分。那么真实，尤其说到客观的真实，到底是指什么？

给盲童朋友

　　各位盲童朋友，我们是朋友。我也是个残疾人，我的腿从二十一岁那年开始不能走路了，到现在，我坐着轮椅又已经度过了二十一年。残疾送给我们的困苦和磨难，我们都心里有数，所以不必说了。以后，毫无疑问，残疾还会一如既往地送给我们困苦和磨难，对此我们得有足够的心理准备。我想，一切外在的艰难和阻碍都不算可怕，只要我们的心理是健康的。

　　譬如说，我们是朋友，但并不因为我们都是残疾人我们才是朋友，所有的健全人其实都是我们的朋友，一切人都应该是朋友。残疾是什么呢？残疾无非是一种局限。你们想看而不能看。我呢，想走却不能走。那么健全人呢，他们想飞但不能飞——这是一个比喻，就是说健全人也有局限，这些局限也送给他们困苦和磨难。很难说，健全人就一定比我们活得容易，因为痛苦和痛苦是不能比出大小来的，就像幸福和幸福也比不出大小来一样。痛苦和幸福都没有一个客观标准，那完全是自我的感受。因此，谁能够保持不屈的勇气，谁就能更多地感受到幸福。生命就是这样一个过程，一个不断超越自身局限的过程，这就是命运，任何人都是一样，在这过程中我们遭遇痛苦、超越局限、从而感受幸福。所以一切人都是平等的，我们毫不特殊。

我们残疾人最渴望的是与健全人平等。那怎么办呢？我想，平等不是可以吃或可以穿的身外之物，它是一种品质，或者一种境界，你有了你就不用别人送给你，你没有，别人也无法送给你。怎么才能有呢？只要消灭了"特殊"，平等自然而然就会来了。就是说，我们不因为身有残疾而有任何特殊感。我们除了比别人少两条腿或少一双眼睛之外，除了比别人多一辆轮椅或多一根盲杖之外，再不比别人少什么和多什么，再没有什么特殊于别人的地方，我们不因为残疾就忍受歧视，也不因为残疾去摘取殊荣。如果我们干得好别人称赞我们，那仅仅是因为我们干得好，而不是因为我们事先已经有了被称赞的优势。我们靠货真价实的工作赢得光荣。当然，我们也不能没有别人的帮助，自尊不意味着拒绝别人的好意。只想帮助别人而一概拒绝别人的帮助，那不是强者，那其实是一种心理的残疾，因为事实上，世界上没有任何人不需要别人的帮助。

我们既不能忘记残疾朋友，又应该努力走出残疾人的小圈子，怀着博大的爱心，自由自在地走进全世界，这是克服残疾、超越局限的最要紧的一步。

给南海一中

南海一中　高一（6）班

尹军成老师并全体同学：

来信收到，迟复为歉。体弱，眼花，用惯了电脑，恕我就不手写作答。

第一个问题：称呼。我想，同学们讨论的结果十分准确：先生。我先于你们出生，此事千真万确、铁案如山。但抢先出生并不意味着优势（何况这事也由不得我），后生可畏才是一定。

第二个问题：《我与地坛》一文的标题，可不可以改？其实，取怎样一个标题，完全是出于作者的习惯、喜好，甚至有时是出于偶然，但是木已成舟，改就多余。就比如我的名字，没几个人说好，但改来改去我担心别人就不知道这是谁了。不过各位完全可以据己所好，给它改个天花乱坠；甚至内容也可以改，只不过要注明改编，或其实沧海桑田那已经是你们自己的作品了。取题的原则，在我，一是明确，二是简单，三是平和。我不喜欢太刚猛，太豪华。内容也是这样，要像跟哥们儿说话，不要像站在台上念诗、念贺词或者悼词。诗意，要从意境或氛围中渗透出来，不是某些词句的标榜。——这不是结论，只是我自己的看法，仍可探讨。

不过，当然了，要看你写的是什么，如果是轰轰烈烈的事，或许就要有另外一种标题。我刚刚又发了一篇《想念地坛》，开篇第一句话是："想念地坛，主要是想念它的安静。"最后一句话是："我已不在地坛，地坛在我。"是呀，地坛的安静使人安静，离开它多年，一经想起，便油然地安静下来。所以，我——与——地坛，轻轻地念，就够了。

说句题外话：命运无常，安静，或者说镇静，可能是人最要学会的东西。你们离高考也就几百天了，要镇静地准备好镇静。高考真是一件无奈的折磨。今年，我的朋友中（当然是他们的儿女）又有"惨遭不测"者，本来上清华、北大绰绰有余，不知怎么一下就考砸了。那样的打击，我信不比我当年（残了双腿时）的少。怎么办？镇静！一百年的事怎么可以让十几年来决定呢？当你们走到四十岁、五十岁……九十岁，回头看它，不过区区小事。但若失去镇静，就怕会酿成千古恨。我完全没想到，有一天，我对我的病竟有些感恩之情——我怕否则，浮躁、愚蛮如我者大概就会白活。

祝你们快乐，又镇静。

史铁生

2003 年 6 月 24 日

给北大附中

北大附中　高一（3）班

程翔老师暨全体同学：

　　各位好！

　　谢谢来信。46封，一一读过，无不让我感动；尤其是封封有感而发，绝少套话。这要归功于程老师的教学思想，当然也与各位高材生的勤学分不开：北大附中嘛，名不虚传。

　　我只上到初中二年，"文革"一来即告失学，故一直对"高中"二字心存仰慕（更别说大学了）。今得各位夸奖，心中不免沾沾。人都是爱听好话的，虽非罪过，但确是人性之一大弊端，所幸私下长存警惕。

　　互相称赞的话还是少说，虽然都是真心。说点别的。

　　我有个小外甥，也上高一，我送给他四个字：诚实，善思。依我的经验，无论古今、未来，也无论做什么工作，这都是最要紧的品质。学历高低，智商优劣，未必是最重要的，我一向以为对情商的培养才是教育的根本。所谓"知己知彼，百战不殆"，"知彼"多属智商，比如分析力、想象力、记忆力，以及审时度势的能力；"知己"则指情商，是说要有了解自己、把握自己的能力。情智兼优自然最好，却偏偏智商一项由不得人，那就在情商上多下功夫吧。一个人如何才能有所成就呢？依我看，一要知道自己想干吗，二要知道自己能干吗，三还要知道自己必须得干吗。

听说某些人考大学，一味投奔那些高分录取的专业，生怕糟蹋了分，结果倒忘了自己喜欢什么，和自己的才能在哪儿。如此盲从，我担心他一辈子都是人云亦云，即便虚名屡屡，也难真有作为。

什么是"必须得干"的事呢？比如说你得吃饭吧？得活命吧？凭什么你总能干着自己喜欢的事，却让别人管你的饭？换句话：凭什么他人俗俗，你独雅雅？幸好，二十几岁时我明白了这个理儿，就到街道工厂去干活了，先谋一碗饭吧，把自己从负数捞回到零，然后再看看能否得寸进尺。炸酱面有了，再干吗呢？我想起上学时作文一向还好，兼有坎坎坷坷的二十几年给我的感受，便走上了写作这条路。幸好是走下来了，其实走不下来也是很可能的。不过我想，只要能够诚实地审视自己（知己），冷静地分析客观（知彼），谁都会有一条恰当的路走。

说说文学。谁都会说"文学"，但未必说的是一码事；"文学"二字，乃天底下含义最为混淆的词汇之一。常有人问我："您写啥呢？"我说小说。"什么题材呀？"我却回答不出。一般这样提问的人，心中预期的回答大概是"工业题材""农业题材""军事题材"，等等——真不知这话是谁发明的，根本就不像话！你要说"工人题材""农民题材"倒还靠谱儿，"文学即人学"嘛。这类不像话的话，我猜是由一度被奉为金科玉律的写作理论——"深入生活"——引出来的。所谓"深入生活"，大概的意思是：你要写作吗？那你就得到农村去待一阵子，到工厂去待一阵子，或者到军营、医院乃至监狱去待一阵子，体验体验那儿的生活。我就想了，以我的身体条件是绝难实践这套理论的，那么是不是说，一个大半时间坐着、少半时间躺着的人就不配写作了？我挺不服气，心想凭什么你们的一阵子是"深入"，我的一辈子倒是"浅入"？于是不管那套，既然有想法，我就写吧。后来我才慢慢明白，要让那条金科玉律不死，非中间加上"思考"二字而不可，即深入思考生活。其实，任何生活都有深意，唯思考可使之显现。生活，若仅仅是经历，便似一次性消费，唯能够不断地询问它、思考它，向它要求意义，生活才会漫展得深远、辽阔。所谓胸襟宽广，所谓思想敏锐，并不取决于生活的样式，而是与你看它的角度与深度相关。最为深远、辽阔的地方在哪儿？在心里——你心里最为深隐的疑难，和你对它最为诚实的察看。（顺便说一句：诚实，并不是说你就不能有隐私、有秘密，而是说你不要对自己有丝毫隐瞒。有些事说出来不好意思，你也可以不说，但你不可以不想，不能一闭眼就算它没了。）比如作文写得好不好，并不在于你怎样活过，而在于你怎样想过，或想没想过。有同学问我是怎么写出《我与地坛》的？我的经验是：到那儿去待一阵子不行，待一辈子也未必就行，而是要想、要问。好像是爱因斯坦说过：提出问题比解答问题更要艰难。超棒——从王迪同学信中学到的一个词——之人，多有一脑袋或一辈子的疑问，因而才有创造。

所以，学习也是一辈子的事。我常跟我的小外甥说，就算你北大了，清华了，博士后了，学习也不过是才开始。世界上那么多书，还不够你读？人世间那么多疑难，还不够你想？读书重要，思想更重要。书是人写的，古圣贤之前并没有书，或只有很少的书，何以他们竟能写出前无古人的书呢？还是要靠观察，靠感受，靠思想。因此就不必为北不北大、清不清华过分忧虑。你跑一阵子，我跑一辈子，还不行吗？我早就认定自己的智商是中等，这份诚实（情商）让我受益匪浅。俗话说了，小时候胖不算胖。人生确实像爬山，每爬一段都会有些人停下来。北大了，清华了，那不过是说起跑还不错，但生活是马拉松，是铁人三项，是西绪福斯式的没完没了。

再说了，就算你北大了清华了，剑桥了哈佛了，"诺贝尔"了，就一定是成功的人生吗？比如说，你一辈子也没别人一阵子跑得远，这咋办？又比如说，你一阵子比别人一辈子跑得还远，然后又咋办呢？怎样才算成功？什么才是成功的人生？——这就算我留给各位后生高材们的问题吧。提醒一句：这问题，你不回答你就停下来了，你回答你就别想靠一阵子；反正是愚钝如我者已然大半辈子了，尚未找到标准答案。

祝新学期一切顺利！

史铁生
2005 年 2 月 21 日

随笔十三（节选）

一

　　我曾想过当和尚，羡慕和尚可以住进幽然清静的寺庙。但对佛学不甚了了，又自知受不住佛门的种种戒律，想一想也就作罢。何况出家为僧的手续也不知如何办理，估计不会比出国留学容易。

　　那时我正度着最惶茫潦倒的时光。插队回来双腿残废了，摇着轮椅去四处求职很像是无聊之徒的一场恶作剧，令一切正规单位的招工人员退避三舍。幸得一家街道小作坊不嫌弃，这才有一份口粮钱可挣。小作坊总共三间低矮歪斜的老屋，八九个老太太之外，几个小伙子都跟我差不多，脚上或轻或重各备一份残疾。我们的手可以劳作，嗓子年轻，梦想也都纷繁，每天不停地唱歌和不停地在仿古家具上画下美丽的图案。在那儿一干七年。十几年后，我偶然在一家星级饭店里见过我们的作品。

　　小作坊附近，曲曲弯弯的小巷深处有座小庙，废弃已久，僧人早都四散，被某个机关占据着。后来时代有所变迁，小庙修葺一新，又有老少几位僧徒出入了，且唱经之声隔墙可闻。傍晚，我常摇了轮椅到这小庙墙下闲坐，看着它，觉得很有一种安慰。单是那庙门、庙堂、庙院的建筑形式就很能让人镇定下来，忘记失学的怨愤，忘记失业的威胁，忘记失恋的折磨，似乎尘世的一切牵挂与烦恼都容易忘记了……晚风中，孩子们鸟儿一样地喊叫着游戏，在深巷里荡起回声，庙院中的老树沙啦沙啦摇动枝叶仿佛平静地看这人间，然后一轮孤月升起，挂在庙堂檐头，世界便像是在这小庙的抚慰下放心地安睡了。我想这和尚真作得，粗茶淡饭暮鼓晨钟，与世无争地了此一生。

摇了轮椅回家，一路上却想，既然愿意与世无争地度此一生，又何必一定要在那庙里？在我那小作坊里不行吗？好像不行，好像只有住进那庙里去这心才能落稳。为什么呢？又回头去看月下小庙的身影，忽有所悟：那庙的形式原就是一份渴望理解的申明，它的清疏简淡朴拙幽深恰是一种无声的宣告，告诉自己也告诉别人，这不是落荒而逃，这是自由的选择，因而才得坦然。我不知道那庙中的僧徒有几位没有说谎，单知道自己离佛境还差得遥远，我恰是落荒而逃，却又想披一件脱凡入圣的外衣。

而且从那小庙的宣告中，也听出这样的意思：入圣当然可以，脱凡其实不能，无论僧俗，人可能舍弃一切，却无法舍弃被理解的渴望。
…………

五

我最早喜欢起小说来，是因为《牛虻》。那时我大约十三四岁，某一天午睡醒来颇有些空虚无聊的感受，在家中藏书寥寥的书架上随意抽取一本来读，不想就从午后读到天黑，再读到半夜。那就是《牛虻》。

这书我读了总有十几遍，仿佛与书中的几位主人公都成了故知，对他们的形象有了窃自的描画。后来听说苏联早拍摄了同名影片，费了周折怀着激动去看，结果大失所望。且不说最让我难忘的一些情节影片中保留太少，单是三位主要人物的形象就让我不能接受，让我感到无比陌生："琼玛"过于漂亮了，漂亮压倒了她高雅的气质："蒙泰尼里"则太胖，太臃肿，目光也嫌太亮，不是一颗心撕开两半的情状："牛虻"呢，更是糟，"亚瑟"既不像书中所说有着女孩儿般的腼腆纤秀，而"列瓦雷士"也不能让人想起书中所形容的"像一头美洲黑豹"。我把这不满说给其他的《牛虻》爱好者，他们也都说电影中的这三个人的形象与他们的想象相去太远，但他们的想象又与我的想象完全不同。回家再读一遍原著，发现作者对其人物形象的描写很不全面，很朦胧，甚至很抽象。于是我明白了：正因为这样，才越能使读者发挥想象。越能使读者根据自己的经验去把各个人物写真，反之倒限制住读者的参与，越使读者与书中人物隔膜、陌生。"像一头美洲黑豹"，谁能说出到底是什么样呢？但这却调动了读者各自的经验，"牛虻"于是有了千姿百态的形象。这千姿百态的形象依然很朦胧，不具体，而且可以变化，但那头美洲黑豹是一曲鲜明的旋律，使你经常牵动于一种情绪，想起他，并不断地描画他。

在已有的众多艺术品类中，音乐是最朦胧的一种，对人们的想象最少限制的一种，因而是最能唤起人们的参与和创造的一种。求新的绘画、雕塑以及文学，可能都从音乐得了启发，也不再刻意写真写实，而是着重情绪、节奏、旋律，追求音乐似的效果了。过去我不大理解抽象派绘画，去年我搬进一套新居，挺宽绰，空空的白墙上觉得应该有一幅画，找了几幅看看觉得都太写实，太具体，心绪总被圈定在一处，料必挂在家里每天看它会有囚徒似的心情。于是想起以往看过的几幅抽象派画作，当时不大懂，现在竟很想念，我想在不同的日子里跟它们会面，它们会给我常新的感觉，心绪可以像一个囚徒的改过自新。

听觉原就比视觉朦胧，因而音响比形象更能唤起广阔和想象。比听觉更朦胧的，是什么？是嗅觉。将来可否有一种嗅觉交响乐呢？当然那不能叫交响乐，或许可以叫交味乐？把种种气味像音符一样地编排，让它们幽眇或强烈地散发，会怎么样？准定更美妙，浮想联翩，味道好极了！

…………

七

为什么往事，总在那儿强烈地呼唤着，要我把它们写出来呢？

为了欣赏。人需要欣赏，生命需要被欣赏。就像我们需要欣赏我们的爱人，就像我们又需要被爱人欣赏。

重现往事，并非只是为了从消失中把它们拯救出来，从而使那部分生命真正地存在；不，这是次要的，因为即便它们真正存在了终归又有什么意义呢？把它们从消失中拯救出来仅仅是一个办法，以便我们能够欣赏，以便它们能够被欣赏。在经历它们的时候，它们只是匆忙，只是焦虑，只是"以物喜，以己悲"，它们一旦被重现你就有机会心平气和地欣赏它们了，一切一切不管是什么，都融化为美的流动，都凝聚为美的存在。

成为美，进入了欣赏的维度，一切才都有了价值和意义。说生命的终极价值和意义是美，仿佛有点无可奈何。我们可以把社会的价值和意义发现得很清晰，很具体，很实在或很实用。可是生命呢？如果一切清晰、具体、实在和实用的东西都必然要毁灭，生命的意义难道还可以系之于此吗？如果毁灭一向都在潜伏着一向都在瞄准着生命，那么，生命原本就是无用的热情，就是无目的的过程，就是无法求其真而只可求其美的游戏。

所以，不要这样审问小说——到底要达到什么？到底要说明什么？到底要解决什么？到底要完成什么？到底要探明什么？到底要判断什么？到底怎么办？小说只是让我们欣赏生命这一奇丽的现象，这奇丽的现象里包含了上述的"到底"和"什么"，但小说不负责回答它。小说只给我们提供一个机会，一个摆脱真实的苦役，重返梦境的机会：欣赏如歌如舞如罪如罚的生命之旅吧。由一个亘古之梦所引发的这一生命之旅，只是纷纭的过程，只是斑斓的形式。这足够了。

我每每看见放映员摆弄着一盘盘电影胶片，便有一种神秘感，心想，某人的某一段生命就在其中，在那个蛋糕盒子一样的圆圆的铁盒子里，在那里面被卷作一盘，在那儿存在着，那一段生命的前因后果同时在那儿存在了，那些历程，那些焦虑、快乐、痛苦，早都制作好了，只等灯光暗下来放映机转起来，我们就知道是怎么回事。于是我有时想，我的未来可能也已经制作好了，正装在一只铁盒子里，被卷作一盘，上帝正摆弄他，未及放映，随着时光流逝地斗转星移，我就一步步知道我的命运都是怎么回事了。于是我又想，有一天我死了，我一生的故事业已揭晓，那时我在天堂或在地狱看我自己的影片：哈！这不是我吗？哈，我知道我都将遇到什么，你们看吧，我过了二十一岁我就要一直坐在轮椅上，然后我在一家小作坊干了七年，然后我开始学写作……不信你们等着瞧。我常想，要是有那样的机会，能够那样地看自己的一生，我将会被自己感动，被我的每一种境遇所陶醉。

…………

十二

一位朋友的儿子，小名叫老咪。老咪六七岁的时候，他的哥哥十二三岁。十二三岁的哥哥正是好奇心强烈的年纪，奇思异想层出不穷，有一个问题最吸引他：时间，时间是从什么时候开始的？他把这问题去问他爹，他爹回答不出。他再把这问题去问老师，老师也摇头。于是哥哥把它当作一个难倒成年人的法宝，见哪个狂妄之徒胆敢卖弄学问，就把这问题问他，并窃笑那狂徒随即的尴尬。

但有一天老咪给这问题找到了精彩的答案。那天哥哥又向某人提问："时间，你知道吗，是从什么时候开始的？"这时老咪正睡眼朦胧地瞄准马桶撒尿，一条闪亮的尿线叮咚地激起浪花，老咪打个冷战，偷眼去望墙上的挂钟，随之一字一板泰然答道："从一上弦就开始了。"语惊四座。这老咪将来作得哲人。

我生于 1951 年，但在我，1951 年却在 1955 年之后发生。1955 年的某一天，我记得那天日历上的字是绿色的，时间，对我来说就始于这个周末。在此之前 1951 年是一片空白，1955 年那个周末之后它才传来，渐渐有了意义，才存在。但 1955 年那个周末之后，却不是 1955 年的一个星期天，而是 1951 年冬天的某个凌晨——传说我在那个凌晨出生，我想象那个凌晨，于是 1951 年的那个凌晨抹杀了 1955 年的一个星期天。那个凌晨，5 点 57 分我来到人间（有出生证为证），奶奶说那天下着大雪。但在我，那天却下着 1956 年的雪，我不得不用 1956 年的雪去理解 1951 年的雪，从而 1951 年的冬天有了形象，不再是空白。然后是 1958 年，这年我上了学，这一年我开始理解了一点儿太阳、月亮和星星的关系。而此前的 1957 年呢，则是 1964 年时才给了我突出的印象，那时我才知道一场"反右"运动大致的情况，因而 1957 年下着 1964 年的雨。再之后有了公元前，我知道了并设想着远古的某些历史，而公元前中又混含着对 2001 年的幻想，我站在今天设想远古又幻想未来，远古和未来在今天随意交叉，因而远古和未来都刮着现在的风。

我理解，博尔赫斯的"交叉小径的花园"是指一个人的感觉、思绪和印象，在一个人的感觉、思绪和印象里，时间成为错综交叉的小径。他强调的其实不是时间，而是作为主观的人的心灵，这才是一座迷宫的全部。

1992 年

原生态

　　大家争论问题，有一位，坏毛病，总要从对手群中挑出个厚道的来斥问："读过几本书呀，你就说话！"这世上有些话，似乎谁先抢到嘴里谁就占了优势，比如"您这是诡辩""您这人虚伪""你们这些知识分子呀"——不说理，先定性，置人于越反驳越要得其印证的地位，此谓"强人"。问题是，读过几本书才能说话呢？有标准没有？一百本还是一万本？厚道的人不善反诘，强人于是屡战屡"胜"。其实呢，谁心里都明白，这叫虚张声势，还叫自以为得计。孔子和老子读过几本书呢？苏格拉底和亚里士多德读过几本书呢？那年月统共也没有多少书吧。人类的发言，尤其发问，是在有书之前。先哲们先于书看见了生命的疑难，思之不解或知有不足，这才写书、读书，为的是交流而非战胜，这就叫"原生态"。原生态的持疑与解疑，原生态的写书与读书，原生态的讨论或争论，以及原生态的歌与舞。先哲们断不会因为谁能列出一份书单就信服谁。

　　随着原生态的歌舞被推上大雅之堂，原生态又要变味儿似的。一说原生态，想到的就是穷乡僻壤，尤其少数民族。好像只有那儿来的东西才是原生态，只要是那儿来的东西就是原生态。原生态似要由土特产公司专购专销。自认为"主流话语"的文化人，便也都寻宝般地挤上了西去的列车。这算不算政治不正确？人家的"边缘"凭啥要由你这"主流"来鉴定？"原生态"凭啥要由"现代"和"后现代"来表彰？再问：你是怎样发现了原生态的呢？根据你的"没有"，还是根据你的"曾有"和"想有"？若非曾有，便不可能认出那是什么；认不出那是什么，就不会想有；若断定咱自己不可能有，千里迢迢把它们弄来都市，莫非只看那是文明遗漏的稀罕物儿？打小没吃过的东西你不会想吃它，都市人若命定与原生态无关，大家也就不会为之感动。原生态，其实什么地方都曾有，什么时候也都能有，倒是让种种"文化"给弄乱了——此也文化，彼也文化，书读得太多倒说昏话；东也来风，西也来风，风追得太紧即近发疯。有次开会，一位青年作家担忧地问我："您这身体，还怎么去农村呢？"我说是呀，去不成了。他沉默了又沉默，终于还是忍不住说："那您以后还怎么写作？"

原生态，啥意思？原——最初的；生——生命，或对于生命的；态——态度，心态乃至神态。不能是状态。"最初的状态"容易让人想起野生物种，想起 DNA、RNA，甚至于"平等的物质"。想到"平等的物质"，倒像是一种原生态思考——要问问人压根儿是打哪儿来的，历尽艰辛又终于能到哪儿去。当然了，想没想错要另说。可要是一上来想的就是：不想当元帅的士兵就不是好士兵，没得过奖的作家就不是好作家，因而要掌握种种奖项——尤其那个顶尖的"诺奖"——的配方，比如说一要有民族特色，二要是边缘话语，三还得原生态……可这还能是原生态吗？原生态，跟"零度写作"是一码事。零度，既指向生命之初——人一落生就要有的那种处境，也指向生命终点——一直到死，人都无法脱离的那个地位。比如你以个体落生于群体时的恐慌，你以有限面对无限时的孤弱，你满怀梦想而步入现实时的谨慎，甚至是沮丧……还有对死亡的猜想，以及你终会发现、一切死亡猜想都不过是生者的一段鲜活时光。此类事项若不及问津，只怕是"上天入地求之遍"也难得原生态。这世上谜题千万，有一道值六十分，其余的分数你全拿满也还是不及格，士兵许三多给出了此题的圆满答案。

许三多和成才同出一乡，前者是原生的心态——"要好好活"，"要做有意义的事"，后者却不知跳到几度去了——"不想当元帅的士兵就不是好士兵"。几百年来，拿破仑的这句话好像成了无可置疑的真理，其实未必。比如说人，人是由脑袋瓜子和脚巴丫子等各司其职的一个整体，要是脚巴丫子总想当脑袋瓜子，或者脑袋瓜子看不起脚巴丫子，这人一准生病。史铁生的病就是这么来的，脚巴丫子不听脑袋瓜子的，还欺骗脑袋瓜子，致使其肌肉萎缩并骨质疏松；幸好它还没犯上到去代替脑袋瓜子，否则其人必将进而痴呆。脑袋瓜子要当好脑袋瓜子，比如说爱护脚巴丫子；脚巴丫子要当好脚巴丫子，比如说要听命于脑袋瓜子，同时将真实信息——是疼，是痒，是累——反馈给脑袋瓜子，这才能活蹦乱跳地是个健康人。

可照这么说就有个问题了：元帅生下来就是元帅吗？哪个元帅不曾是士兵？那就还有一问：你是只想当元帅呢，还是自信雄才大略，能打胜仗，才想当元帅的？倘是后者，雄才中必有一才：能够号令千万士兵协同作战——仗从来是要这么打的；大略中当含一略：先让那不想当士兵的士兵回家——不懂得当好士兵的士兵，怎能当好元帅？战争中的元帅，先要看自己是个士兵。可见，许三多的质朴信奉，既适用于士兵也适用于元帅。尤当战争结束，士兵和元帅携手回乡，就都能够继续活得好了。

"好好活"并"做有意义的事"，正是不可再有删减的原生态。比如是一条河的、从发源到入海都不可须臾有失的保养。元帅不是生命的根本，元帅也有想不开跳楼的。当然了，十度、百度、千万度，于这复杂纷繁的人间都可能是必要的，但别忘记零度，别忘记生命的原生态。一个人，有八十件羊绒衫，您说这是为了上哪儿去呢？一个人，把"读了多少书"当成一件暗器，您说他还能记得自己是打哪儿来的吗？比如唱歌，"大青石上卧白云，难活莫过是人想人"——没问题，原生态！"无论是东南风还是西北风，都是我的歌"呢，黄土地上的"许三多们"恐怕从未想到过这样的炫耀，也从不需要这样的"乐观"教育。比如画画，据说梵高并未研究过多少画作，他说"实际上我们穿越大地，我们只是经历生活"，"我们从遥远的地方来，到遥远的地方去……我们是地球上的朝拜者和陌生人"，"（这儿）隐藏了对我的很多要求"，于是他笔下的草木发出着焦灼的呼喊，动荡的天空也便响彻了应答。而模仿他的，多只是模仿了他的奇诡笔触；收藏他的，则主要看那是一件值钱的东西。又比如政治，为了人民（安居乐业）的是原生态——政治压根儿就是为了办好这件事的，但也有些仅仅是为了赢得人民，他们要办的事情好像要更多些。再比如信仰，为了使自己的灵魂得其指点和拯救的，是原生态，为了去指挥别人的，就必须得编瞎话儿、弄光环了。比如婚姻，"父母之命、媒妁之言"似乎更古老，但那是原生态吗？爱情，才是原生态。爱情，最与写作相近，因而"时尚之命、评论家之言"断不可以为写作的根据，写作的根据是你自己的迷茫和迷恋、心愿与疑难。写作所以也叫创作，是说它轻视模仿和帮腔，看重的是无中生有，也叫想象力，即生命的无限可能性。以有限的生命，眺望无限的路途，说到底，还是我们从哪儿来，要到哪儿去。回到这生命的原生态，你会发现：爱情呀，信仰呀，政治呀……以及元帅和"诺奖"呀——的根，其实都在那儿，在同一个地方，或者说在同一种对生命的态度里。它们并不都在历史里，并不都在古老的风俗中，更不会拘于一时一域。果真是人的原生态，那就只能在人的心里，无论其何许人也。

有个人，整理好行装，带足了干粮和水，在早春出发，据说是要去南方找他的爱人，可结果，人们却在北方深冬的旷野里发现了他的尸体。要去南方却死在了北方，这期间发生了什么没人知道。（就像海明威猜不透那头豹子到雪线以上的山顶上去究竟是要干吗。）据此可以写一部长篇小说，不去农村也可以。对那段漫长或短暂的空白，你怎么猜想都行，怎么填写也都不会再得罪谁，但大方向无非两种：一是他忘记了原本是要去哪儿，一是他的爱人已移居北方。

2008 年 1 月 26 日

一封关于音乐的信

编辑同志：

你好！

我一直惭愧并且怀疑我是不是个音乐盲，后来李陀说我是，我就不再怀疑而只剩了惭愧。我确实各方面艺术修养极差，不开玩笑，音乐、美术、京剧，都不懂。有时候不懂装懂，在人们还未识破此诡计之前便及时转换话题，这当然又是一种诡计，这诡计充分说明了我的惭愧之确凿。

现代流行歌曲我不懂，也不爱听，屡次偷偷在家中培养对它的感情，最后还是以关系破裂而告终。但有些美国乡村歌曲和外国流行歌曲，还是喜欢（比如不知哪国的一个叫娜娜的女歌手，和另一个忘记是哪国的胡里奥·伊格莱西亚斯）。也仅仅是爱听，说不出个道理来。

古典音乐呢？也不懂，但多数都爱听，不知道为什么爱听，听时常能沉进去，但记不住曲名、作者、演唱演奏者和指挥者，百分之九十九的时候能把各种曲子听串（记串），就像有可能认为维也纳波士顿团的指挥是卡拉扬。至于马勒和马奈谁会画画谁会作曲，总得反复回忆一下才能确定。而签证和护照的关系我也是昨天才弄明白的，后天会否又忘尚难保证。

史铁生与音乐是什么关系呢？他是个爱听他所爱听的音乐的人。且不限于音乐，音响也可以。比如半夜某个下了夜班的小伙子一路呼号着驰过我家门口，比如晌午一个磨剪子磨刀的老人的叫卖，比如礼拜日不知哪家传来的剁肉馅的声音，均属爱听之列。

民歌当然爱听，陕北民歌最好。但到处的民歌也都好，包括国外的。虽然我没去过印尼，没去过南美和非洲，但一听便如置身于那地方，甚至看见了那儿的景物和人情风貌。北方苍凉的歌让人心惊而心醉，热带温暖的歌让人心醉而后心碎（总之没什么好结果）。我常怀疑我上辈子是生活在热带的，这辈子是流放到北方的。看玛·杜拉的《情人》时也有此感。

被音乐所感动所迷倒的事时有发生。迷倒，确实，听得躺下来，瞪着眼睛不动，心中既空茫又充实，想来想去不知都想了什么，事后休想回忆得起来。做梦也是，我总做非常难解的离奇的梦，但记不住。

音乐在我看来，可分两种，一种是叫人跳起来，一种是令人沉进去，我爱听后一种。这后一种又可分为两类：一类是无论你在干什么，一听就"瞪眼卧倒"不动了。另一种则是当你"瞪眼卧倒"不动时才能听，才能听得进去。而于我，又是后一种情形居多。

听音乐还与当时的环境有关，不同环境中的相同音乐，会有完全不同的感受。在闹市中听唢呐总以为谁家在娶媳妇。我常于天黑时去地坛（我家附近的一个公园，原为皇上祭地之处），独坐在老树下，忽听那空阔黑寂的坛中有人吹唢呐，那坛占地几百平方米，四周松柏环绕，独留一块空地，无遮无拦对着夜空，唢呐声无论哀婉还是欢快却都能令人沉迷了。

当然，更与心境有关。我有过这样的时候：一支平素非常喜欢的曲子，忽然不敢听了；或者忽然发现那调子其实乏味得很，不想听了。

　　我看小说、写小说，也常有这样的情况，心境不同便对作品的评价不同。那些真正的佳作，大约正是有能力在任何时候都把你拉进它的轨道——这才叫魅力吧？鬼使神差是也。所以我写一篇小说之前总要找到自己的位置、自己的心态、并以一种节奏或旋律来确认（或说保障）这种位置和状态。但我说不好是谁决定于谁。心境一变，旋律就乱，旋律一乱，心境便不一样。所以我很怀疑我能否写成长篇，因为没把握这一口气、这一旋律可以维持多久，可以延伸到哪儿去。

　　等我好好想想，再认可能否应下你的约稿吧。

　　祝

　　岁岁平安！

史铁生

1991 年 12 月 19 日

悼路遥

　　我当年插队的地方，延川，是路遥的故乡。我下乡，他回乡，都是知识青年。那时我在村里喂牛，难得到处去走，无缘见到他。我的一些同学见过他，惊讶且叹服地说那可真正是个才子，说他的诗、文都写得好，说他而且年轻，有思想有抱负，说他未来不可限量。后来我在《山花》上见了他的作品，暗自赞叹。那时我既未做文学梦，也未及去想未来，浑浑噩噩。但我从小喜欢诗、文，便十分的羡慕他，十分的羡慕很可能就接近着嫉妒。

　　第一次见到他，是在北京。其时我已经坐上了轮椅，路遥到北京来，和几个朋友一起来看我。坐上轮椅我才开始做文学梦，最初也是写诗，第一首成形的诗也是模仿了信天游的形式，自己感觉写得很不像话，没敢拿给路遥看。那天我们东聊西扯，路遥不善言谈，大部分时间里默默地坐着和默默地微笑。那默默之中，想必他的思绪并不停止。就像陕北的黄牛，停住步伐的时候便去默默地咀嚼。咀嚼人生。此后不久，他的名作《人生》便问世，从那小说中我又看见陕北，看见延安。

第二次见到他是在西安，在省作协的院子里。那是一九八四年，我在朋友们的帮助下回陕北看看，路过西安，在省作协的招待所住了几天。见到路遥，见到他的背有些驼，鬓发也有些白，并且一支接一支地抽烟。听说他正在写长篇，寝食不顾，没日没夜地干。我提醒他注意身体，他默默地微笑，我再说，他还是默默地微笑。我知道我的话没用，他肯定以默默的微笑抵挡了很多人的劝告了。那默默的微笑，料必是说：命何足惜？不苦其短，苦其不能辉煌。我至今不能判断其对错。唯再次相信"性格即命运"。然后我们到陕北去了，在路遥、曹谷溪，省作协领导李若冰和司机小李的帮助下，我们的那次陕北之行非常顺利、快乐。

第三次见到他，是在电视上，"正大综艺"节目里。主持人介绍那是路遥，我没理会，以为是另一个路遥，主持人说这就是《平凡的世界》的作者，我定睛细看，心重重地一沉。他竟是如此的苍老了，若非依旧默默地微笑，我实在是认不出他了。此前我已听说，他患了肝病，而且很重，而且仍不在意，而且一如既往笔耕不辍奋争不已。但我怎么也没料到，此后不足一年，他会忽然离开这个平凡的世界。

他不是才四十二岁吗？我们不是还在等待他在今后的四十二年里写出更好的作品来吗？如今已是"人生九十古来稀"的时代，怎么会只给他四十二年的生命呢？这事让人难以接受。这不是哭的问题。这事，沉重得不能够哭了。

有一年王安忆去了陕北，回来对我说："陕北真是荒凉呀，简直不能想象怎么在那儿生活。"王安忆说："可是路遥说，他今生今世是离不了那块地方的。路遥说，他走在山山川川沟沟峁峁之间，忽然看见一树盛开的桃花、杏花，就会泪流满面，确实心就要碎了。"我稍稍能够理解路遥，理解他的心是怎样碎的。我说稍稍理解他，是因为我毕竟只在那儿住了三年，而他的四十二年其实都没有离开那儿。我们从他的作品里理解他的心。他在用他的心写他的作品。可惜还有很多好作品没有出世，随着他的心，碎了。

这仍然不止是一个哭的问题。他在这个平凡的世界上倒下去，留下了不平凡的声音，这声音流传得比四十二年要长久得多了，就像那块黄土地的长久，像年年都要开放的山间的那一树繁花。

复杂的必要

母亲去世十年后的那个清明节，我和父亲和妹妹去寻过她的坟。

母亲去得突然，且在中年。那时我坐在轮椅上正惶然不知要向哪儿去，妹妹还在读小学。父亲独自送母亲下了葬。巨大的灾难让我们在十年中都不敢提起她，甚至把墙上她的照片也收起来，总看着她和总让她看着我们，都受不了，才知道越大的悲痛越是无言：没有一句关于她的话是恰当的，没有一个关于她的字不是恐怖的。

十年过去，悲痛才似轻了些，我们同时说起了要去看看母亲的坟。三个人也便同时明白，十年里我们不提起她，但各自都在一天一天地想着她。

坟却没有了，或者从来就没有过。母亲辞世的那个年代，城市的普通百姓不可能有一座坟，只是火化了然后深葬，不留痕迹。父亲满山跑着找，终于找到了他当年牢记下的一个标志，说：离那标志向东三十步左右就是母亲的骨灰深埋的地方。但是向东不足二十步已见几间新房，房前堆了石料，是一家制作墓碑的小工厂了，几个工匠埋头叮当地雕凿着碑石。父亲憋红了脸，喘气声一下比一下粗重。妹妹推着我走近前去，把那儿看了很久。又是无言。离开时我对他们俩说：也好，只当那儿是母亲的纪念堂吧。

虽是这么说，心里却空落得以至于疼。

我当然反对大造阴宅。但是，简单到深埋且不留一丝痕迹，真也太残酷。一个你所深爱的人，一个饱经艰难的人，一个无比丰富的心魂……就这么轻易地删简为零了？这感觉让人沮丧至极，仿佛是说，生命的每一步原都是可以这样删除的。

纪念的习俗或方式可以多样，但总是要有。而且不能简单，务要复杂些才好。复杂不是繁冗和耗费，心魂所要的隆重，并非物质的铺张可以奏效。可以火葬，可以水葬，可以天葬，可以竖碑，也可为死者种一棵树，甚或只为他珍藏一片树叶或供奉一根枯草……任何方式都好，唯不可一味地简单。任何方式都表明了复杂的必要。因为，那是心魂对心魂的珍重所要求的仪式，心魂不能容忍对心魂的简化。

从而想到文学。文学，正是遵奉了这种复杂原则。理论要走向简单，文学却要去接近复杂。若要简单，任何人生都是可以删减到只剩下吃喝拉撒睡的，任何小说也都可以删减到只剩下几行梗概，任何历史都可以删减到只留几个符号式的伟人，任何壮举和怯逃都可以删减成一份光荣加一份耻辱……但是这不行，你不可能满足于像孩子那样只盼结局，你要看过程，从复杂的过程看生命艰难的处境，以享隆重与壮美。其实人间的事，更多的都是可以删减但不容删减的。不信去想吧。比如足球，若单为决个胜负，原是可以一上来就踢点球的，满场奔跑倒为了什么呢？

1995 年 2 月 10 日

上帝的寓言

　　自从小巧的人脑把科学认作了神明，这颗美丽和谐的星球上便有一种叫作人的动物变得狂妄起来，自以为是天地的主宰，可以听凭自己的意志去移山填海、喝令万物、掠夺自然。

　　开始的时候，人类的聪明才智大约也曾让上帝欣喜（就像我们欣喜于电脑和机器人），但后来，人类的繁殖速度之快、享乐欲望之强、竞争热情之旺盛、掠夺技巧之高超，肯定令上帝大吃一惊。

　　这样，人类后来的一句广告词暗合了他们自己的地位：我们是害虫。森林和草原逐日萎缩，河流干涸，飞禽走兽被屠杀，大量物种灭绝在人类的餐桌上，土壤板结，沙漠扩展，大气层浑浊不堪，臭氧层烂开一个大洞……上帝见一颗蓬勃的果子上长了贪婪的害虫，便以疾病的方式喷洒杀虫剂：感冒啦，霍乱啦，鼠疫，结核，天花，等等。不料这害虫鬼机灵，慢慢有了抗药性，更加肆无忌惮。当一切杀虫剂都不能控制他们的时候，上帝能怎么办呢？上帝只好叹息着，看这颗果子蔫萎枯烂。上帝知道，果子被蛀空食尽之时，便是害虫自灭之日。

但狂妄的害虫执迷不悟，仍以加倍的乐观去维护一面贪婪之旗，高歌猛进。

上帝不忍，向他们发出暗示或警告。暗示或警告之一是：癌症。癌症，就是在一个本来和谐的生理结构中，忽然有一种细胞不可控制地猛增，先掠夺杀死异类，然后迎来自己的末日。上帝是要说：自然，本来就是一个完美的结构，人不过是其中的一种细胞。上帝是要说：人，如果你们不能醒悟，不能自我控制，一味地膨胀膨胀膨胀，你们就是地球的癌症！暗示或警告之二是：艾滋病。艾滋病，就是由于贪婪地享乐而破坏了自身的免疫系统，以致丧失了抵抗疾病和自身修复的能力。上帝是要说：地球的自身免疫系统就是由森林、草原、河流、海洋、大气、飞禽走兽昆虫等万物万灵结构起来的，人不过是其中的一个组成部分。上帝是要说：人，如果不能节制你们的欲望，破坏了生态平衡，地球离患艾滋病的日子就已不远！

终于有人听懂了上帝的寓言。据说吉林省人大已经通过立法：禁止一切捕猎，收缴一切猎器，不允许人类的餐桌上出现任何野生动物。感谢他们，感谢他们的立法。

但是，是否所有的人都能静下心来听一听上帝的寓言呢？是否所有的省份和国度都能确立这样的法律呢？是否仅仅禁猎一法就足够了呢？地球已经千疮百孔，我们真是罪孽深重，上帝和人类的万代子孙必定对我们抱着更多的期待。保护自然生态，想来没有比这更重要的事了。"国破山河在"，尚有"城春草木深"，若山河破碎、草木不生、鸟兽尽绝呢，国之焉存？家之安在？

1996 年 5 月 5 日

神位 官位 心位

有好心人劝我去庙里烧烧香，拜拜佛，许个愿，说那样的话佛就会救我，我的两条业已作废的腿就又可能用于走路了。

我说："我不信。"

好心人说："你怎么还不信哪？"

我说："我不相信佛也是这么跟个贪官似的，你给他上供他就给你好处。"

好心人说："哎哟，你还敢这么说哪！"

我说："有什么不敢？佛总不能也是'顺我者昌，逆我者亡'吧？"

好心人说："哎哟哎哟，你呀，腿还想不想好哇？"

我说："当然想。不过，要是佛太忙一时顾不上我，就等他有工夫再说吧，要是佛心也存邪念，至少咱们就别再犯一个拉佛下水的罪行。"

好心人苦笑，良久默然，必是惊讶着我的执迷不悟，痛惜着我的无可救药吧。

我忽然心里有点儿怕。也许佛真的神通广大，只要他愿意就可以让我的腿好起来？老实说，因为这两条枯枝一样的废腿，我确实丢失了很多很多我所向往的生活。梦想这两条腿能好起来，梦想它们能完好如初，二十二年了，我以为这梦想已经淡薄或者已经不在，现在才知道这梦想永远都不会完结，一经唤起也还是一如既往地强烈。唯一的改变是我能够不露声色了。不露声色但心里却有点儿怕，或者有点儿慌：那好心人的劝导，是不是佛对我的忠心所做的最后试探呢？会不会因为我的出言不逊，这最后的机缘也就错过，我的梦想本来可以实现但现在已经彻底完蛋了呢？

　　果真如此吗？

　　果真如此也就没什么办法：这等于说我就是这么个命。

　　果真如此也就没什么意思：这等于说世间并无净土，有一双好腿又能走去哪里？

　　果真如此也就没什么可惜：佛之救人且这般唯亲、唯利、唯蜜语，想来我也是逃得过初一逃不过十五。

　　果真如此也就没什么可怕：无非又撞见一个才高德浅的郎中，无非又多出一个吃贿的贪官或者一个专制的君王罢了。此"佛"非佛。

　　当然，倘这郎中真能医得好我这双残腿，倾家荡产我也宁愿去求他一次。但若这郎中偏要自称是佛，我便宁可就这么坐稳在轮椅上，免得这野心家一日得逞，众生的人权都要听其摆弄了。

　　我既非出家的和尚，也非在家的居士，但我自以为对佛一向是敬重的。我这样说绝不是承认刚才的罪过，以期佛的宽宥。我的敬重在于：我相信佛绝不同于图贿的贪官，也不同于专制的君王。我这样说也绝不是拐弯抹角的恭维。在我想来，佛是用不着恭维的。佛，本不是一职官位，本不是寨主或君王，不是有求必应的神明，也不是可卜凶吉的算命先生。佛仅仅是信心，是理想，是困境中的一种思悟，是苦难里心魂的一条救路。

这样的佛，难道有理由向他行贿和谄媚吗？烧香和礼拜，其实都并不错，以一种形式来寄托和坚定自己面对苦难的信心，原是极为正当的，但若期待现实的酬报，便总让人想起提着烟酒去叩长官家门的景象。

我不相信佛能灭一切苦难。如果他能，世间早该是一片乐土。也许有人会说："就是因为你们这些慧根不足、心性不净、执迷不悟的人闹的，佛的宏愿才至今未得实现。"可是，真抱歉——这逻辑岂不有点儿像庸医无能，反怪病人患病无方吗？

我想，最要重视的当是佛的忧悲。常所谓"我佛慈悲"，我以为即是说，那是慈爱的理想同时还是忧悲的处境。我不信佛能灭一切苦难，佛因苦难而产生，佛因苦难而成立，佛是苦难不尽中的一种信心，抽去苦难佛便不在了。佛并不能灭一切苦难，即是佛之忧悲的处境。佛并不能灭一切苦难，信心可还成立吗？还成立！落空的必定是贿赂的图谋，依然还在的就是信心。信心不指向现实的酬报，信心也不依据他人的证词，信心仅仅是自己的信心，是属于自己的面对苦难的心态和思路。这信心除了保证一种慈爱的理想之外什么都不保证，除了给我们一个方向和一条路程之外，并不给我们任何结果。

所谓"证果"，我久思未得其要。我非佛门弟子，也未深研佛学经典，不知在佛教的源头上"证果"意味着什么，单从大众信佛的潮流中取此一意来发问："果"是什么？可以证得的那个"果"到底是什么？是苦难全数地消灭？还是某人独自享福？是世上再无值得忧悲之事？还是某人有幸独得逍遥，再无烦恼了呢？

苦难消灭自然也就无可忧悲，但苦难消灭一切也就都灭，在我想来那与一网打尽同效，目前有的是原子弹，非要去劳佛不可？若苦难不尽，又怎能了无烦恼？独自享福万事不问，大约是了无烦恼的唯一可能，但这不像佛法倒又像贪官庸吏了。

中国信佛的潮流里，似总有官的影子笼罩。求佛拜佛者，常抱一个极实惠的请求。求儿子，求房子，求票子，求文凭，求户口，求福寿双全……所求之事大抵都是官的职权所辖，大抵都是求官而不得理会，便跑来庙中烧香叩首。佛于这潮流里，那意思无非一个万能的大官，且不见得就是清官，徇私枉法乃至杀人越货者竟也去烧香许物，求佛保佑不致东窗事发抑或银铛入狱。若去香火浓烈的地方做一次统计，保险：因为灵魂不安而去反省的、因为信心不足而去求教的、因为理想认同而去礼拜的，难得有几个。

我想，这很可能是因为中国的神位，历来少为人的心魂而设置，多是为君的权威而筹谋。"君权神授"，当然求君便是求神，求官便是求君了，光景类似于求长官办事先要去给秘书送一点儿礼品。君神一旦同一，神位势必日益世俗得近于衙门。中国的神，看门、掌灶、理财、配药，管红白喜事，管吃喝拉撒，据说连厕所都有专职的神来负责。诸神如此地务实，信徒们便被培养得淡漠了心魂的方位；诸神管理得既然全面，神通广大且点滴无漏，众生除却歌功颂德以求实惠还能何为？大约就只剩下吃"大锅饭"了。"大锅饭"吃到不妙时，还有一句"此处不养爷"来泄怨，还有一句"自有养爷处"来开怀。神位的变质和心位的缺失相互促进，以致佛来东土也只热衷俗务，单行其"慈"，那一个"悲"字早留在西天。这信佛的潮流里，最为高渺的祈望也还是为来世做些务实的铺陈——今生灭除妄念，来世可入天堂。若问：何为天堂？答曰：无苦极乐之所在。但无苦怎么会有乐呢？天堂是不是妄念？此问则大不敬，要惹来斥责，是慧根不够的征兆之一例。

电视剧《北京人在纽约》，曾引出众口一词的感慨以及嘲骂："美国也（他妈的）不是天堂。"可，谁说那是天堂了？谁曾告诉你纽约专门儿是天堂了？人家说那儿也是地狱，你怎么就不记着？这感慨和嘲骂，泄露了国产天堂观的真相：无论急于今生，还是耐心来世，那天堂都不是心魂的圣地，仍不过是实实在在的福乐。福不圆满，乐不周到，便失望，便怨愤，便嘲骂；并不反省，倒运足了气力去讥贬人家。看来，那"无苦并极乐"的向往，单是比凡夫俗子想念得深远：不图小利，要中一个大彩。

就算天堂真的存在，我的智力还是突破不出那个"证果"的逻辑：无苦并极乐是什么状态呢？独自享福则似贪官，苦难全消就又与集体服毒同效。还是那电视剧片头的几句话说得好，那儿是天堂也是地狱。是天堂也是地狱的地方，我想是有一个简称的：人间。就心魂的朝圣而言，纽约与北京一样，今生与来世一样，都必是慈与悲的同行，罪与赎的携手，苦难与拯救一致地没有尽头，因而在地球的这边和那边，在时间的此岸和彼岸，都要有心魂应对苦难的路途或方式。这路途或方式，是佛我也相信，是基督我也相信，单不能相信那是官的所辖和民的行贿。

还有"人人皆可成佛"一说，也作怪，值得探讨。怎么个"成"法儿？什么样儿就算"成"了呢？"成"了之后再往哪儿走？这问题，我很久以来找不到通顺的解答。说"能成"吧，又想象不出成了之后可怎么办，说"永远不能成"吧，又像是用一把好歹也吃不上的草料去逗引着驴儿转磨。所谓终极发问、终极关怀，总应该有一个终极答案、终极结果吧？否则岂不荒诞？

最近看了刘小枫先生的《走向十字架上的真理》，令我茅塞顿开。书中讲述基督性时说：人与上帝有着永恒的距离，人永远不能成为上帝。书中又谈到，神是否存在？神若存在，神便可见、可及乃至可做，难免人神不辨，任何人就都可能去做一个假冒伪劣的神了；神若不存在，神学即成扯淡，神位一空，人间的造神运动便可顺理成章，肃贪和打假倒没了标准。这可如何是好？我理解那书中的意思是说：神的存在不是由终极答案或终极结果来证明的，而是由终极发问和终极关怀来证明的，面对不尽苦难的不尽发问，便是神的显现，因为恰是这不尽的发问与关怀可以使人的心魂趋向神圣，使人对生命取了崭新的态度，使人崇尚慈爱的理想。

"人人皆可成佛"和"人与上帝有着永恒的距离"，是两种不同的生命态度，一个重果，一个重行，一个为超凡的酬报描述最终的希望，一个为神圣的拯救构筑永恒的路途。但超凡的酬报有可能是一幅幻景，以此来维护信心似乎总有悬危。而永恒的路途不会有假，以此来坚定信心还有什么可怕！

这使我想到了佛的本义，佛并不是一个名词，并不是一个实体，佛的本义是觉悟，是一个动词，是行为，而不是绝顶的一处宝座。这样，"人人皆可成佛"就可以理解了，"成"不再是一个终点，理想中那个完美的状态与人有着永恒的距离，人即可朝向神圣无止地开步了。谁要是把自己披挂起来，摆出一副伟大的完成态，则无论是光芒万丈，还是淡泊逍遥，都像是搔首弄姿。"烦恼即菩提"，我信，那是关心，也是拯救。"一切佛法唯在行愿"，我信，那是无终的理想之路。真正的宗教精神都是相通的，无论东方还是西方。任何自以为可以提供无苦而极乐之天堂的哲学和神学，都难免落入不能自圆的窘境。

1994 年 2 月 2 日

在家者说

　　宇宙无边，地球广阔，且时有风雨袭来，或烈日暴晒，故不得不寻一有限之地，立以四壁，覆以顶盖，日落避于其中，日出游乎其外，这就是家吗？也可能是旅馆。备好丰足的衣食，装上成套的电器，窗外四季更迭，室内全无寒暑，排布开精美的家具，点缀些字画、古董，或再有高朋满座，窗外月黑风高，室内其乐融融，这就是家了吗？仍可能是饭店。

　　把家打扮成饭店、旅馆，像似从贫穷走向富裕的一个必经阶段，艳羡的眼睛已经睁开，审美的心尚无归处。陈村曾打电话给我说：你要装修吗？记住方便自己，勿只为偶尔一来的客人说好。又听人讲起一对富裕了的夫妻，满打满算两口人，却偏要买下二百多平方米的豪居，初时客人不断，来道喜，来恭维，时间一久谁还老来呢？于是一到周末两口子就发慌，唯恐豪居闲置，便东一个电话西一个电话地求人来："来吧来吧，一切都预备好了！"岂不是饭店吗？且有一男一女两位侍者。

谁会在家门前挂一排霓虹灯呢？家有家的语言，比如一张老床，默默然说着一个家族的历史。比如所有的家具都不配套，形色不一，风格各异，便会让你回忆起历历如新的诸多往事。比如一个谈不上多么美妙的小器物，别人不理会，只你和你的家人知道它所富含的纪念，视其为不可亵玩的圣物。这类东西是模仿不来的，一模仿就又是饭店。家是模仿不来的，一模仿就又是"宾至如归"。家，一俟你走向它，便会听见它的召唤；一俟你走到它近前，便会闻辨出它的气息；你一推开家门，心里便会有一个声音："噢，家！""噢，久违了。"家说："喂，你还好吗？"你就甩掉鞋帽，甩掉衣裳，甩掉你在外面的世界里不得不钻入其中的那一套行头，露出原形（不单指身体）——这也是一种语言，是你对家的报答，是对它由衷的信任和感激。

　　即便这家只你一人，你也不能总在街上乱走。即便你用不着起火落灶，你总也得有一处安魂入梦的地方。家其实不限于空间，家更是一种时光，一种油然的心绪。此时与此心，可以清理你的秘密，不拘一格地思想，想入非非，正如你可以随意躺倒，肆意欢叫，不必再让微笑堆痛你的脸。你可以独享你的心情，独享你的智慧和想象，因而家又忽然地可以穿透四壁，山高水长，无边无际地铺展。

　　单有精美的家具堆在身边，你担不担心这儿可能是家具店？单有价值连城的古董摆在四周，你怀不怀疑这儿可能是博物馆？就比如一群妖艳女子整天伴你左右，你怕不怕这儿可能是红灯区？家，正是要消除你的这类恐惧。家徒四壁也依然是容纳你的躯体又放纵你的心情的地方，是陪伴你的欢乐又收容你的痛苦的地方。设若只你一人有些孤独，你不妨扭亮台灯，翻开书，踏踏实实地听一回先哲的教诲，那一刻便全是回家的感觉。也不妨铺开纸，随心所欲，给一位心仪已久的人写封信，于是乎那一条邮路上便都是家的消息。这其实就是写作了。写作就是写给心仪已久的人呀，尽管你不知道他们是谁，位于空间的何处。

　　竞争是件好事，否则人间不免寂寞。但为什么一定要比着豪华呢？不可以比着简朴吗？享受更是无可非议，但是，人终于能够享受的只有心情和智慧，借助倾诉与倾听。所以，就祝愿所有的家都至少有两个人，相亲相爱的两个人。一个电话又一个电话地为那闲置的豪居呼救，冤哪！

2001 年 12 月 27 日